〔唐〕杜甫 著

杜甫詩選

廣陵書社
中國·揚州

圖書在版編目（CIP）數據

杜甫詩選 / （唐）杜甫著. -- 揚州 : 廣陵書社, 2019.1（2020.8重印）
（經典國學讀本）
ISBN 978-7-5554-1163-5

Ⅰ. ①杜… Ⅱ. ①杜… Ⅲ. ①杜詩－詩集 Ⅳ. ①I222.742

中國版本圖書館CIP數據核字(2018)第288215號

書　　名　杜甫詩選
著　　者　〔唐〕杜甫
責任編輯　李　潔
出 版 人　曾學文
裝幀設計　鴻儒文軒

出版發行　廣陵書社
揚州市維揚路349號　郵編:225009
(0514)85228081(總編辦)　85228088(發行部)
http://www.yzglpub.com　E-mail:yzglss@163.com
印　　刷　三河市華東印刷有限公司

開　　本　880毫米×1230毫米　1/32
印　　張　7.75
字　　數　85千字
版　　次　2019年1月第1版
印　　次　2020年8月第2次印刷
書　　號　ISBN 978-7-5554-1163-5
定　　價　38.00圓

編輯說明

自上世紀九十年代始，我社陸續編輯出版一套綫裝本中華傳統文化普及讀物，名爲《文華叢書》。編者孜孜矻矻，兀兀窮年，歷經二十載，聚爲上百種，集腋成裘，蔚爲可觀。叢書以內容經典、形式古雅、編校精審，深受讀者歡迎，不少品種已不斷重印，常銷常新。

國學經典，百讀不厭，其中藴含的生活情趣、生命哲理、人生智慧，以及家國情懷、歷史經驗、宇宙真諦，令人回味無窮，啓迪至深。爲了方便讀者閱讀國學原典，更廣泛地普及傳統文化，特于《文華叢書》基礎上，重加編輯，推出《經典國學讀本》叢書。

本叢書甄選國學之基本典籍，萃精華于一編。以内容言，所選均爲家喻户曉的經典名著，涵蓋經史子集，包羅詩詞文賦、小品蒙書，琳琅滿目；以篇幅言，每種規模不大，或數種彙于一書，便于誦讀；以形式言，採用傳統版式，字大文簡，讀來令人賞心悦目；以編輯言，力求精擇良善版本，細加校勘，注重精讀原文，偶作簡明小注，或酌配古典版畫，體現編輯的匠心。

當下國學典籍的出版方興未艾，品質參差不齊。希望這套我社經年打造的品牌叢書，能爲讀者朋友閲讀經典提供真正的精善讀本。

廣陵書社編輯部

二〇一七年十二月

出版説明

杜甫（七一二—七七〇），字子美。祖籍襄陽（今湖北襄樊），生于鞏縣（今河南鞏義）。杜甫出生于一個『奉儒守官』，頗具文學傳統的官僚家庭。祖父杜審言，爲武后時著名詩人。杜甫曾久居長安城東南郊的少陵塬，故常自稱『少陵野老』，世稱『杜少陵』。

杜甫自幼聰慧，好讀書，『群書萬卷常暗誦』，少時即『出游翰墨場』，揚名文壇。二十歲時始漫游吴越和齊趙，其間洛陽應進士試，不第；後洛陽遇李白，二人結下了『醉眠秋共被，携手日同行』的深厚友誼；既而遇高適，三人同游齊梁。李杜齊州分手後又遇于兗州。二人尋仙訪道，談詩論文。此次別後，杜甫也結束了『放蕩齊趙間，裘馬頗清狂』的生活。三十五歲至四十四歲，杜甫頗不得意，基本上困頓長安。應試不第，獻賦皇帝，投贈貴人，做過看守兵甲仗器、府庫鎖鑰的小官右衛率府胄曹參軍，過着『朝扣富兒門，暮隨肥馬塵。殘杯與冷炙，到處潛悲辛』的生活。安史之亂爆發後，杜甫在投肅宗的途中爲叛軍俘獲，後潛逃至鳳翔行在，被授左拾遺，故世稱『杜拾遺』。後因上書言房琯無罪而觸怒肅宗，詔三司問罪，幸得宰相張鎬救免。四十八歲後，弃官入蜀，『滿目悲生事，因人作遠游』，開始了『漂泊西南天地間』的人生苦旅。其間曾任節度參謀、檢校工部員外郎，故世又稱其爲『杜工部』。杜甫後漂泊至鄂、湘一帶，貧病交加，瀕臨絶境，五十九歲時終病死在湘江舟中。
杜甫是中國古典詩歌的集大成者，流傳下來的詩作有一千四百餘首。杜甫經歷了唐朝由盛轉衰的歷史轉折時期，開元盛世的熏陶和『安史之亂』的亂世體驗所形成的巨大反差造就了這位偉大的詩人。深厚的文化修養、深刻的社會體驗、廣闊的觀察視野，加之『詩是吾家事』的家學傳統，使得杜甫的詩具有豐富的社會内容、强烈的時代色彩和鮮明的政治傾向。他以如椽之筆，深刻而生動地描繪了『安史之亂』前後唐朝廣闊社會生活的方方面面，軍政大事、帝王將相、個人瑣事、生活情趣等等，無所不涉，因而被稱爲『詩史』。
杜甫的詩歌創作開一代新風，『詩至杜陵而聖，亦詩至杜陵而變。』『杜陵之詩，包括萬有，空諸倚傍，縱横博大，千變萬化之中，却極沉鬱頓挫，忠厚和平：此子美所以横絶古今，無與爲敵也。』（清·陳廷焯《白雨齋詞話》）杜甫詩兼衆體，無論古體、近體、五言、七言，皆有獨到的創造。『即事名篇，無復依傍』的新題樂府，有力地促成了中唐時期新樂府運動的發展。五古七古更是絶妙，尤其是長篇，亦詩亦史，回旋往復，標志着我國詩歌藝術的高度成就。『七言古詩，諸公一調。唯杜甫横絶古今，同時大匠，無敢抗行。』（清·王士禛《居易録》）七律獨步詩壇，集漢魏六朝之大成，對聲律、對仗、煉字煉句等的極致運用，促進了格律詩的發展達到成熟的階段。杜甫詩歌在内容上博大精深，憂憤鬱勃，形式上波瀾老成，頓挫變化，二者的完美結合呈現出『沉鬱頓挫』的創作風格。詩歌藝術上所取得的成就使得杜甫博得了『詩聖』的美譽。

作爲中國古代偉大的詩人之一，杜甫對中國古代文學産生了極爲廣泛而深刻的影響。在他之後的一千多年，中國詩壇上的杰出詩人多受其影響。

我社出版的《杜甫詩選》，以清仇兆鰲《杜詩詳注》爲底本，同時參校其它通行諸本。爲滿足讀者的閲讀需要，對于其中的典故、名物等專有詞和難懂語詞進行了注釋，注解不當之處，還請讀者不吝指正。

廣陵書社編輯部

二〇一八年十一月

目録

望岳

岱宗夫如何，齊魯青未了。

青未了：指山色一望無際。

造化鍾神秀，陰陽割昏曉。

蕩胸生層雲，决眦入歸鳥。

决：裂開。

會當凌絕頂，一覽衆山小。

登兖州城樓

東郡趨庭日，南樓縱目初。

浮雲連海岱，平野入青徐。

孤嶂秦碑在，荒城魯殿餘。

魯殿：指魯靈光殿。

從來多古意，臨眺獨躊躇。

巳上人茅齋

巳公茅屋下，可以賦新詩。
枕簟入林僻，茶瓜留客遲。
江蓮摇白羽，天棘蔓青絲。
空忝許詢輩，難酬支遁詞。

房兵曹胡馬

胡馬大宛名，鋒稜瘦骨成。
竹批雙耳峻，風入四蹄輕。
所向無空闊，真堪托死生。
驍騰有如此，萬里可横行。

畫鷹

素練風霜起，蒼鷹畫作殊。

攖身思狡兔，側目似愁胡。攖身：竦身，有所思的樣子。
絛鏇光堪摘，軒楹勢可呼。
何當擊凡鳥，毛血灑平蕪。平蕪：平原。

過宋員外之問舊莊

宋公舊池館，零落首陽阿。
枉道只從入，吟詩許更過。
淹留問耆老，寂寞向山河。
更識將軍樹，悲風日暮多。

夜宴左氏莊

林風纖月落，衣露靜琴張。纖月：初生之月。
暗水流花徑，春星帶草堂。

檢書燒燭短，看劍引杯長。引杯長：喝滿杯。

詩罷聞吴咏，扁舟意不忘。

臨邑舍弟書至苦雨黄河泛溢堤防之患簿領所憂因寄此詩用寬其意

二儀積風雨，百谷漏波濤。二儀：指天地。

聞道洪河坼，遥連滄海高。

職司憂悄悄，郡國訴嗷嗷。

舍弟卑栖邑，防川領簿曹。

尺書前日至，版築不時操。版築：以版夾土而築堤。

難假黿鼉力，空瞻烏鵲毛。

燕南吹畎畝，濟上没蓬蒿。

螺蚌滿近郭，蛟螭乘九皋。九皋：深澤。

徐關深水府，碣石小秋毫。

白屋留孤樹，青天矢萬艘。

吾衰同泛梗，利涉想蟠桃。利涉：順利渡水。

却倚天涯釣，猶能掣巨鰲。

贈李白

二年客東都，所歷厭機巧。

野人對腥膻，蔬食常不飽。

豈無青精飯，使我顔色好。

苦乏大藥資，山林迹如掃。迹如掃：没有足迹。

李侯金閨彦，脱身事幽討。

亦有梁宋游，方期拾瑤草。

陪李北海宴歷下亭

東藩駐皂蓋，北渚凌清河。東藩：指李邕。

海右此亭古，濟南名士多。

雲山已發興，玉珮仍當歌。

修竹不受暑，交流空涌波。

蘊真愜所遇，落日將如何。蘊真：蘊含真趣。

貴賤俱物役，從公難重過。

贈李白

秋來相顧尚飄蓬，未就丹砂愧葛洪。

痛飲狂歌空度日，飛揚跋扈爲誰雄？

與李十二白同尋范十隱居

李侯有佳句，往往似陰鏗。
余亦東蒙客，憐君如弟兄。
醉眠秋共被，携手日同行。
更想幽期處，還尋北郭生。
入門高興發，侍立小童清。
落景聞寒杵，屯雲對古城。
向來吟《橘頌》，誰與討蒓羹？
不願論簪笏，悠悠滄海情。

冬日有懷李白

寂寞書齋裏，終朝獨爾思。

更尋嘉樹傳，不忘《角弓》詩。
短褐風霜入，還丹日月遲。
未因乘興去，空有鹿門期。

春日憶李白

白也詩無敵，飄然思不群。
清新庾開府，俊逸鮑參軍。
渭北春天樹，江東日暮雲。
何時一樽酒，重與細論文？

送孔巢父謝病歸游江東兼呈李白

巢父掉頭不肯住，東將入海隨烟霧。
詩卷長留天地間，釣竿欲拂珊瑚樹。

深山大澤龍蛇遠，春寒野陰風景暮。
蓬萊織女回雲車，指點虛無是征路。
自是君身有仙骨，世人那得知其故。
惜君只欲苦死留，富貴何如草頭露。苦死留：深切挽留。
蔡侯静者意有餘，清夜置酒臨前除。前除：庭前臺階。
罷琴惆悵月照席，幾歲寄我空中書。
南尋禹穴見李白，道甫問訊今何如。

今夕行

今夕何夕歲云徂，更長燭明不可孤。徂：往。歲徂即除夕。
咸陽客舍一事無，相與博塞爲歡娱。
馮陵大叫呼五白，袒跣不肯成梟盧。五白：博具名。即骰子。

英雄有時亦如此，邂逅豈即非良圖。
君莫笑，劉毅從來布衣願，家無儋石輸百萬。

奉贈韋左丞丈二十二韵

紈袴不餓死，儒冠多誤身。
丈人試静聽，賤子請具陳。
甫昔少年日，早充觀國賓。
讀書破萬卷，下筆如有神。
賦料揚雄敵，詩看子建親。料：差不多，估量。
李邕求識面，王翰願卜鄰。卜鄰：做鄰居。
自謂頗挺出，立登要路津。
致君堯舜上，再使風俗淳。

此意竟蕭條，行歌非隱淪。
騎驢十三載，旅食京華春。
朝扣富兒門，暮隨肥馬塵。
殘杯與冷炙，到處潛悲辛。
主上頃見徵，歘然欲求伸。
青冥却垂翅，蹭蹬無縱鱗。

蹭蹬：失意的樣子。

甚愧丈人厚，甚知丈人真。
每于百僚上，猥誦佳句新。
竊效貢公喜，難甘原憲貧。
焉能心怏怏，只是走踆踆。

踆踆：且進且退的樣子。

今欲東入海，即將西去秦。

尚憐終南山，回首清渭濱。

常擬報一飯，況懷辭大臣。報一飯：報答一飯之恩。

白鷗没浩蕩，萬里誰能馴？

飲中八仙歌

知章騎馬似乘船，眼花落井水底眠。眼花：醉眼昏花。

汝陽三斗始朝天，道逢麴車口流涎，恨不移封向酒泉。

左相日興費萬錢，飲如長鯨吸百川，銜杯樂聖稱避賢。

宗之瀟灑美少年，舉觴白眼望青天，皎如玉樹臨風前。

蘇晋長齋繡佛前，醉中往往愛逃禪。

李白一斗詩百篇，長安市上酒家眠。

天子呼來不上船，自稱臣是酒中仙。

張旭三杯草聖傳，脱帽露頂王公前，揮毫落紙如雲烟。

焦遂五斗方卓然，高談雄辯驚四筵。

卓然：神采焕發的樣子。

高都護驄馬行

安西都護胡青驄，聲價歘然來向東。

歘然：突然。

此馬臨陣久無敵，與人一心成大功。

功成惠養隨所致，飄飄遠自流沙至。

惠養：恩養。

雄姿未受伏櫪恩，猛氣猶思戰場利。

腕促蹄高如踣鐵，交河幾蹴曾冰裂。

踣：踏。

五花散作雲滿身，萬里方看汗流血。

長安壯兒不敢騎，走過掣電傾城知。

青絲絡頭爲君老，何由却出横門道。

冬日洛城北謁玄元皇帝廟

配極玄都閟，憑高禁籞長。配極：北極。閟：深閉。
守祧嚴具禮，掌節鎮非常。祧：祖廟。
碧瓦初寒外，金莖一氣旁。
山河扶綉户，日月近雕梁。
仙李蟠根大，猗蘭奕葉光。奕葉：累世。
世家遺舊史，道德付今王。
畫手看前輩，吴生遠擅場。
森羅移地軸，妙絶動宫墻。
五聖聯龍衮，千官列雁行。
冕旒俱秀發，旌旆盡飛揚。冕旒：皇冠。

翠柏深留景，紅梨迥得霜。
風箏吹玉柱，露井凍銀床。銀床：井欄。
身退卑周室，經傳拱漢皇。
谷神如不死，養拙更何鄉。

故武衛將軍挽詞三首

其一

嚴警當寒夜，前軍落大星。
壯夫思敢決，哀詔惜精靈。
王者今無戰，書生已勒銘。
封侯意疏闊，編簡爲誰青。

其二

舞劍過人絶，鳴弓射獸能。
銛鋒行愜順，猛噬失蹻騰。銛（音鮮）：鋒利。蹻騰：壯躍狀。
赤羽千夫膳，黄河十月冰。
横行沙漠外，神速至今稱。

其三

哀挽青門去，新阡絳水遥。
路人紛雨泣，天意颯風飈。
部曲精仍鋭，匈奴氣不驕。
無由睹雄略，大樹日蕭蕭。

樂游園歌

樂游古園崒森爽，烟綿碧草萋萋長。森爽：森疏蕭爽。

公子華筵勢最高，秦川對酒平如掌。
長生木瓢示真率，更調鞍馬狂歡賞。鞍馬：酒令名。
青春波浪芙蓉園，白日雷霆夾城仗。
閶闔晴開詄蕩蕩，曲江翠幕排銀榜。
拂水低回舞袖翻，緣雲清切歌聲上。
却憶年年人醉時，只今未醉已先悲。
數莖白髮那抛得，百罰深杯辭不辭。
聖朝亦知賤士醜，一物但荷皇天慈。荷：承受。
此身飲罷無歸處，獨立蒼茫自咏詩。

同諸公登慈恩寺塔

高標跨蒼穹，烈風無時休。

自非曠士懷，登兹翻百憂。

方知象教力，足可追冥搜。象教：佛教。

仰穿龍蛇窟，始出枝撑幽。

七星在北户，河漢聲西流。

羲和鞭白日，少昊行清秋。

秦山忽破碎，涇渭不可求。

俯視但一氣，焉能辨皇州。皇州：帝都。

迴首叫虞舜，蒼梧雲正愁。

惜哉瑶池飲，日晏昆侖丘。

黄鵠去不息，哀鳴何所投。

君看隨陽雁，各有稻粱謀。稻粱謀：爲利禄而謀。

投簡咸華兩縣諸子

赤縣官曹擁才杰，軟裘快馬當冰雪。長安苦寒誰獨悲，杜陵野老骨欲折。南山豆苗早荒穢，青門瓜地新凍裂。鄉里兒童項領成，朝廷故舊禮數絶。自然弃擲與時异，况乃疏頑臨事拙。飢卧動即向一旬，敝衣何啻聯百結。君不見空墻日色晚，此老無聲泪垂血。

赤縣：京都所轄之縣。禮數絶：斷絶來往。疏頑：疏懶愚鈍。

杜位宅守歲

守歲阿戎家，椒盤已頌花。盍簪喧櫪馬，列炬散林鴉。

盍簪：衣冠會合，借指朋友相聚。

四十明朝過，飛騰暮景斜。

誰能更拘束，爛醉是生涯。

兵車行

車轔轔，馬蕭蕭，行人弓箭各在腰。

耶娘妻子走相送，塵埃不見咸陽橋。

牽衣頓足攔道哭，哭聲直上干雲霄。

道旁過者問行人，行人但云點行頻。點行頻：征調頻繁。

或從十五北防河，便至四十西營田。

去時里正與裹頭，歸來頭白還戍邊。

邊庭流血成海水，武皇開邊意未已。開邊：開疆拓土。

君不聞漢家山東二百州，千村萬落生荆杞。

縱有健婦把鋤犁，禾生隴畝無東西。
況復秦兵耐苦戰，被驅不异犬與鷄。
長者雖有問，役夫敢伸恨？
且如今年冬，未休關西卒。
縣官急索租，租稅從何出？
信知生男惡，反是生女好。
生女猶得嫁比鄰，生男埋沒隨百草。
君不見青海頭，古來白骨無人收。
青海頭：青海湖邊。
新鬼煩冤舊鬼哭，天陰雨濕聲啾啾。

前出塞（九首選五）

其一

戚戚去故里，悠悠赴交河。

公家有程期，亡命嬰禍羅。嬰：觸犯。

君已富土境，開邊一何多。

弃絶父母恩，吞聲行負戈。

其二

出門日已遠，不受徒旅欺。

骨肉恩豈斷，男兒死無時。

走馬脱轡頭，手中挑青絲。

捷下萬仞岡，俯身試搴旗。搴：拔取。

其三

磨刀嗚咽水，水赤刃傷手。

欲輕腸斷聲，心緒亂已久。
丈夫誓許國，憤惋復何有。
功名圖麒麟，戰骨當速朽。

其六

挽弓當挽强，用箭當用長。
射人先射馬，擒賊先擒王。
殺人亦有限，立國自有疆。
苟能制侵陵，豈在多殺傷。

其九

從軍十年餘，能無分寸功。
衆人貴苟得，欲語羞雷同。

中原有鬥爭，况在狄與戎。

丈夫四方志，安可辭固窮。固窮：堅守素志而不失氣節。

送高三十五書記十五韵

崆峒小麥熟，且願休王師。

請公問主將，焉用窮荒爲。

飢鷹未飽肉，側翅隨人飛。

高生跨鞍馬，有似幽并兒。幽并兒：幽州、并州一帶的健兒。

脱身簿尉中，始與捶楚辭。捶楚：指杖刑。

借問今何官，觸熱向武威。觸熱：冒着炎熱。

答云一書記，所愧國士知。

人實不易知，更須慎其儀。

十年出幕府，自可持旌麾。
此行既特達，足以慰所思。

特達：特出，喻前程無量。

男兒功名遂，亦在老大時。
常恨結歡淺，各在天一涯。
又如參與商，慘慘中腸悲。
驚風吹鴻鵠，不得相追隨。
黄塵翳沙漠，念子何當歸。
邊城有餘力，早寄從軍詩。

貧交行

翻手作雲覆手雨，紛紛輕薄何須數。
君不見管鮑貧時交，此道今人弃如土。

曲江三章章五句

其一

曲江蕭條秋氣高，菱荷枯折隨風濤，游子空嗟垂二毛。
白石素沙亦相蕩，哀鴻獨叫求其曹。

其二

即事非今亦非古，長歌激越捎林莽，比屋豪華固難數。
吾人甘作心似灰，弟侄何傷泪如雨。

其三

自斷此生休問天，杜曲幸有桑麻田，故將移住南山邊。
短衣匹馬隨李廣，看射猛虎終殘年。

白絲行

繰絲須長不須白，越羅蜀錦金粟尺。
象床玉手亂殷紅，萬草千花動凝碧。
已悲素質隨時染，裂下鳴機色相射。
美人細意熨貼平，裁縫滅盡針綫迹。
春天衣著爲君舞，蛺蝶飛來黃鸝語。
落絮游絲亦有情，隨風照日宜輕舉。
香汗清塵污顔色，開新合故置何許。
君不見才士汲引難，恐懼弃捐忍羈旅。

陪鄭廣文游何將軍山林（十首選四）

其二

百頃風潭上，千章夏木清。

卑枝低結子，接葉暗巢鶯。
鮮鯽銀絲鱠，香芹碧澗羹。
翻疑舵樓底，晚飯越中行。

其五

剩水滄江破，殘山碣石開。
綠垂風折笋，紅綻雨肥梅。
銀甲彈箏用，金魚換酒來。銀甲：銀制的假指甲，用以彈箏。
興移無灑掃，隨意坐莓苔。金魚：唐代三品以上官員的配飾。

其九

床上書連屋，階前樹拂雲。床：此指書案。
將軍不好武，稚子總能文。

醒酒微風入，聽詩静夜分。

絺衣挂蘿薜，涼月白紛紛。

其十

幽意忽不愜，歸期無奈何。

出門流水住，回首白雲多。

自笑燈前舞，誰憐醉後歌？

只應與朋好，風雨亦來過。

麗人行

三月三日天氣新，長安水邊多麗人。

態濃意遠淑且真，肌理細膩骨肉匀。

綉羅衣裳照莫春，蹙金孔雀銀麒麟。

頭上何所有？翠微㔩葉垂鬢脣。
背後何所見？珠壓腰衱穩稱身。
就中雲幕椒房親，賜名大國虢與秦。
紫駝之峰出翠釜，水精之盤行素鱗。
犀箸厭飫久未下，鸞刀縷切空紛綸。
黃門飛鞚不動塵，御厨絡繹送八珍。
簫管哀吟感鬼神，賓從雜遝實要津。
後來鞍馬何逡巡，當軒下馬入錦茵。
楊花雪落覆白蘋，青鳥飛去銜紅巾。
炙手可熱勢絶倫，慎莫近前丞相嗔。

㔩（音愕）葉：婦女髮髻上的花飾。腰衱（音潔）：裙帶。

水精：即水晶。

厭飫：飽食生膩。

黃門：宦官。

雜遝（音沓）：雜亂衆多。

醉時歌

諸公袞袞登臺省，廣文先生官獨冷。袞袞：相繼不絕。

甲第紛紛厭粱肉，廣文先生飯不足。廣文先生：廣文館博士

先生有道出羲皇，先生有才過屈宋。鄭虔。

德尊一代常坎軻，名垂萬古知何用。

杜陵野客人更嗤，被褐短窄鬢如絲。

日糴太倉五升米，時赴鄭老同襟期。襟期：懷抱，抱負。

得錢即相覓，沽酒不復疑。

忘形到爾汝，痛飲真吾師。

清夜沉沉動春酌，燈前細雨檐花落。

但覺高歌有鬼神，焉知餓死填溝壑。

相如逸才親滌器，子雲識字終投閣。

先生早賦歸去來，石田茅屋荒蒼苔。
儒術于我何有哉，孔丘盜跖俱塵埃。
不須聞此意慘愴，生前相遇且銜杯。

銜杯：飲酒。

城西陂泛舟

青蛾皓齒在樓船，橫笛短簫悲遠天。
春風自信牙檣動，遲日徐看錦纜牽。

牙檣：象牙制的帆杆。

魚吹細浪摇歌扇，燕蹴飛花落舞筵。

蹴：踏。

不有小舟能蕩槳，百壺那送酒如泉。

渼陂行

渼陂（音美卑）：在今陝西戶縣。

岑參兄弟皆好奇，携我遠來游渼陂。
天地黤慘忽异色，波濤萬頃堆琉璃。

堆琉璃：喻水之清澈。

琉璃汗漫泛舟入，事殊興極憂思集。汗漫：水勢浩淼。

鼉作鯨吞不復知，惡風白浪何嗟及。

主人錦帆相爲開，舟子喜甚無氛埃。氛埃：塵霧。

鳧鷖散亂棹謳發，絲管啁啾空翠來。棹謳：棹歌。

沉竿續縵深莫測，菱葉荷花净如拭。

宛在中流渤澥清，下歸無極終南黑。

半陂以南純浸山，動影裊窕冲融間。裊窕：動摇不定貌。

船舷暝戛雲際寺，水面月出藍田關。

此時驪龍亦吐珠，馮夷擊鼓群龍趨。

湘妃漢女出歌舞，金支翠旗光有無。

咫尺但愁雷雨至，蒼茫不曉神靈意。

少壯幾時奈老何，向來哀樂何其多。

投贈哥舒開府翰二十韻

今代麒麟閣，何人第一功？
君王自神武，駕馭必英雄。
開府當朝杰，論兵邁古風。
先鋒百戰在，略地兩隅空。
青海無傳箭，天山早掛弓。傳箭：箭即更籌，起兵以傳箭爲號。
廉頗仍走敵，魏絳已和戎。
每惜河湟弃，新兼節制通。
智謀垂睿想，出入冠諸公。
日月低秦樹，乾坤繞漢宫。

胡人愁逐北，宛馬又從東。
受命邊沙遠，歸來御席同。
軒墀曾寵鶴，畋獵舊非熊。
茅土加名數，山河誓始終。
策行遺戰伐，契合動昭融。
勳業青冥上，交親氣概中。
未爲珠履客，已見白頭翁。
壯節初題柱，生涯獨轉蓬。
幾年春草歇，今日暮途窮。
軍事留孫楚，行間識吕蒙。
防身一長劍，將欲倚崆峒。

示從孫濟

平明跨驢出，未知適誰門。
權門多噂沓，且復尋諸孫。

噂沓：議論紛雜的樣子。

諸孫貧無事，宅舍如荒村。
堂前自生竹，堂後自生萱。
萱草秋已死，竹枝霜不蕃。
淘米少汲水，汲多井水渾。
刈葵莫放手，放手傷葵根。

刈（音邑）：割。

阿翁懶惰久，覺兒行步奔。
所來爲宗族，亦不爲盤飧。
小人利口實，薄俗難具論。

勿受外嫌猜，同姓古所敦。

九日寄岑參

出門復入門，雨脚但如舊。
所向泥活活，思君令人瘦。
沉吟坐西軒，飲食錯昏晝。
寸步曲江頭，難爲一相就。

相就：相訪。

吁嗟乎蒼生，稼穡不可救。
安得誅雲師，疇能補天漏。

雲師：雲神，名豐隆。

大明韜日月，曠野號禽獸。
君子强逶迤，小人困馳驟。
維南有崇山，恐與川浸溜。

川浸：水流趨海曰川，深積呈淵曰浸。

是節東籬菊，紛披爲誰秀。

岑生多新詩，性亦嗜醇酎。

采采黃金花，何由滿衣袖。

采采：貌盛的樣子。

嘆庭前甘菊花

庭前甘菊移時晚，青蕊重陽不堪摘。

明日蕭條醉盡醒，殘花爛熳開何益？

籬邊野外多衆芳，采擷細瑣升中堂。

念兹空長大枝葉，結根失所纏風霜。

秋雨嘆（三首）

其一

雨中百草秋爛死，階下决明顔色鮮。

著葉滿枝翠羽蓋，開花無數黄金錢。
涼風蕭蕭吹汝急，恐汝後時難獨立。
堂上書生空白頭，臨風三嗅馨香泣。

其二

闌風伏雨秋紛紛，四海八荒同一雲。
去馬來牛不復辨，濁涇清渭何當分。
禾頭生耳黍穗黑，農夫田父無消息。
城中斗米換衾裯，相許寧論兩相直。

其三

長安布衣誰比數，反鎖衡門守環堵。
老夫不出長蓬蒿，稚子無憂走風雨。

雨聲颼颼催早寒，胡雁翅濕高飛難。
秋來未曾見白日，泥污后土何時乾。

上韋左相二十韻

鳳曆軒轅紀，龍飛四十春。
八荒開壽域，一氣轉洪鈞。
霖雨思賢佐，丹青憶老臣。
應圖求駿馬，驚代得騏驎。
沙汰江河濁，調和鼎鼐新。
韋賢初相漢，范叔已歸秦。
盛業今如此，傳經固絶倫。
豫樟深出地，滄海闊無津。

北斗司喉舌，東方領搢紳。
持衡留藻鑒，聽履上星辰。
獨步才超古，餘波德照鄰。
聰明過管輅，尺牘倒陳遵。
豈是池中物，由來席上珍。
廟堂知至理，風俗盡還淳。
才杰俱登用，愚蒙但隱淪。
長卿多病久，子夏索居頻。
回首驅流俗，生涯似衆人。
巫咸不可問，鄒魯莫容身。
感激時將晚，蒼茫興有神。

爲公歌此曲，涕泪在衣巾。

沙苑行

君不見左輔白沙如白水，繚以周墻百餘里。
龍媒昔是渥洼生，汗血今稱獻于此。
苑中騋牝三千匹，豐草青青寒不死。
食之豪健西域無，每歲攻駒冠邊鄙。
王有虎臣司苑門，入門天廄皆雲屯。
驌驦一骨獨當御，春秋二時歸至尊。
内外馬數將盈億，伏櫪在坰空大存。
逸群絶足信殊杰，倜儻權奇難具論。
累累塠阜藏奔突，往往坡陀縱超越。

坰（音炯）：遠郊。

角壯翻騰麋鹿游，浮深簸蕩黿鼉窟。
泉出巨魚長比人，丹砂作尾黄金鱗。
豈知异物同精氣，雖未成龍亦有神。

醉歌行

原注：别從侄勤落第歸。

陸機二十作《文賦》，汝更少年能綴文。
總角草書又神速，世上兒子徒紛紛。
驊騮作駒已汗血，鷙鳥舉翮連青雲。
詞源倒流三峽水，筆陣獨掃千人軍。
只今年纔十六七，射策君門期第一。
舊穿楊葉真自知，暫蹶霜蹄未爲失。
偶然擢秀非難取，會是排風有毛質。

汝身已見唾成珠，汝伯何由髮如漆。
春光潭沱秦東亭，渚蒲牙白水荇青。
風吹客衣日杲杲，樹攪離思花冥冥。
酒盡沙頭雙玉瓶，衆賓皆醉我獨醒。
乃知貧賤别更苦，吞聲躑躅涕泪零。

官定後戲贈 原注：時免河西尉，爲右衛率府兵曹。

不作河西尉，凄凉爲折腰。
老夫怕趨走，率府且逍遥。
耽酒須微禄，狂歌托聖朝。
故山歸興盡，回首向風飇。

去矣行

君不見韝上鷹，一飽則飛掣。飛掣：飛去。
焉能作堂上燕，銜泥附炎熱。
野人曠蕩無靦顏，豈可久在王侯間。靦顏：厚顏。
未試囊中餐玉法，明朝且入藍田山。

夏日李公見訪

遠林暑氣薄，公子過我游。
貧居類村塢，僻近城南樓。
旁舍頗淳樸，所須亦易求。
隔屋喚西家，借問有酒不。
墻頭過濁醪，展席俯長流。
清風左右至，客意已驚秋。

巢多衆鳥鬥，葉密鳴蟬稠。稠：多。
苦遭此物聒，孰謂吾廬幽。
水花晚色静，庶足充淹留。
預恐樽中盡，更起爲君謀。

天育驃圖歌

吾聞天子之馬走千里，今之畫圖無乃是。
是何意態雄且杰，駿尾蕭梢朔風起。
毛爲緑縹兩耳黄，眼有紫焰雙瞳方。
矯矯龍性含變化，卓立天骨森開張。
伊昔太僕張景順，監牧攻駒閲清峻。
遂令大奴字天育，别養驥子憐神駿。字：養育。

當時四十萬匹馬，張公嘆其材盡下。

故獨寫真傳世人，見之座右久更新。

年多物化空形影，嗚呼健步無由騁。

如今豈無騕褭與驊騮，時無王良伯樂死即休。

自京赴奉先縣咏懷五百字

杜陵有布衣，老大意轉拙。

許身一何愚，竊比稷與契。

居然成濩落，白首甘契闊。

濩落：空洞，不切實際。契闊：事與願違。

蓋棺事則已，此志常覬豁。

窮年憂黎元，嘆息腸内熱。

取笑同學翁，浩歌彌激烈。

非無江海志，蕭灑送日月。
生逢堯舜君，不忍便永訣。
當今廊廟具，構厦豈云缺？
葵藿傾太陽，物性固難奪。
顧惟螻蟻輩，但自求其穴。
胡爲慕大鯨，輒擬偃溟渤？溟渤：大海。
以兹悟生理，獨耻事干謁。
兀兀遂至今，忍爲塵埃没。
終愧巢與由，未能易其節。巢、由：巢父、許由，俱上古隱士。
沉飲聊自遣，放歌破愁絶。
歲暮百草零，疾風高岡裂。

天衢陰峥嶸，客子中夜發。

霜嚴衣帶斷，指直不能結。

凌晨過驪山，御榻在嵽嵲。

嵽嵲（音喋臬）：山勢高峻。

蚩尤塞寒空，蹴踏崖谷滑。

瑶池氣鬱律，羽林相摩戛。

鬱律：形容暖氣蒸騰。

君臣留歡娱，樂動殷膠葛。

賜浴皆長纓，與宴非短褐。

彤庭所分帛，本自寒女出。

鞭撻其夫家，聚斂貢城闕。

聖人筐篚恩，實願邦國活。

臣如忽至理，君豈弃此物。

多士盈朝廷，仁者宜戰慄。
況聞内金盤，盡在衛霍室。
中堂有神仙，烟霧散玉質。
暖客貂鼠裘，悲管逐清瑟。
勸客駝蹄羹，霜橙壓香橘。
朱門酒肉臭，路有凍死骨。
榮枯咫尺异，惆悵難再述。
北轅就涇渭，官渡又改轍。
群冰從西下，極目高崒兀。

崒兀：險峻。

疑是崆峒來，恐觸天柱折。
河梁幸未拆，枝撐聲窸窣。

行李相攀援，川廣不可越。
老妻寄异縣，十口隔風雪。
誰能久不顧？庶往共飢渴。
入門聞號咷，幼子餓已卒。
吾寧舍一哀，里巷亦嗚咽。
所愧爲人父，無食致夭折。
豈知秋禾登，貧窶有倉卒。
生常免租稅，名不隸征伐。
撫迹猶酸辛，平人固騷屑。

騷屑：動蕩不安。

默思失業徒，因念遠戍卒。
憂端齊終南，澒洞不可掇。

澒洞：浩大無邊。

奉先劉少府新畫山水障歌

堂上不合生楓樹，怪底江山起烟霧。不合：不該。
聞君掃却赤縣圖，乘興遣畫滄洲趣。掃却：畫成。
畫師亦無數，好手不可遇。
對此融心神，知君重毫素。毫素：毛筆和素絹。
豈但祁岳與鄭虔，筆迹遠過楊契丹。
得非玄圃裂？無乃瀟湘翻。
悄然坐我天姥下，耳邊已似聞清猿。
反思前夜風雨急，乃是蒲城鬼神入。
元氣淋漓障猶濕，真宰上訴天應泣。
野亭春還雜花遠，漁翁暝踏孤舟立。

滄浪水深青溟闊，欹岸側島秋毫末。
不見湘妃鼓瑟時，至今斑竹臨江活。
劉侯天機精，愛畫入骨髓。
自有兩兒郎，揮灑亦莫比。
大兒聰明到，能添老樹巔崖裏。
小兒心孔開，貌得山僧及童子。
若耶溪，雲門寺，吾獨胡爲在泥滓，青鞋布襪從此始。

後出塞（五首選三）

其一

男兒生世間，及壯當封侯。
戰伐有功業，焉能守舊丘。

召募赴薊門，軍動不可留。
千金裝馬鞭，百金裝刀頭。
閭里送我行，親戚擁道周。
斑白居上列，酒酣進庶羞。
少年别有贈，含笑看吴鈎。

吴鈎：春秋吴王闔閭之刀。後通用爲寶刀名。

其二

朝進東門營，暮上河陽橋。
落日照大旗，馬鳴風蕭蕭。
平沙列萬幕，部伍各見招。
中天懸明月，令嚴夜寂寥。

悲笳數聲動，壯士慘不驕。
借問大將誰，恐是霍嫖姚。

其五

我本良家子，出師亦多門。
將驕益愁思，身貴不足論。
躍馬二十年，恐孤明主恩。
坐見幽州騎，長驅河洛昏。
中夜間道歸，故里但空村。
惡名幸脱免，窮老無兒孫。

月夜

今夜鄜州月，閨中只獨看。

鄜（音夫）州：今陝西户縣。

遥憐小兒女，未解憶長安。
香霧雲鬟濕，清輝玉臂寒。
何時倚虚幌，雙照泪痕乾。

虚幌：薄帷。

哀王孫

長安城頭頭白烏，夜飛延秋門上呼。
又向人家啄大屋，屋底達官走避胡。
金鞭折斷九馬死，骨肉不得同馳驅。
腰下寶玦青珊瑚，可憐王孫泣路隅。
問之不肯道姓名，但道困苦乞爲奴。
已經百日竄荆棘，身上無有完肌膚。
高帝子孫盡隆凖，龍種自與常人殊。

豺狼在邑龍在野，王孫善保千金軀。
不敢長語臨交衢，且爲王孫立斯須。
昨夜東風吹血腥，東來橐駝滿舊都。
朔方健兒好身手，昔何勇鋭今何愚。
竊聞天子已傳位，聖德北服南單于。
花門剺面請雪恥，慎勿出口他人狙。
哀哉王孫慎勿疏，五陵佳氣無時無。

花門：回紇的代稱。
狙：窺伺。

悲陳陶

孟冬十郡良家子，血作陳陶澤中水。
野曠天清無戰聲，四萬義軍同日死。
群胡歸來雪洗箭，仍唱夷歌飲都市。

都人迴面向北啼，日夜更望官軍至。

悲青坂

我軍青坂在東門，天寒飲馬太白窟。

黄頭奚兒日向西，數騎彎弓敢馳突。黄頭奚兒：指安史之亂的叛軍。

山雪河冰晚蕭瑟，青是烽烟白是骨。

焉得附書與我軍，忍待明年莫倉卒。

對雪

戰哭多新鬼，愁吟獨老翁。

亂雲低薄暮，急雪舞迴風。

瓢弃樽無緑，爐存火似紅。無緑：無酒。

數州消息斷，愁坐正書空。

元日寄韋氏妹

近聞韋氏妹，迎在漢鍾離。
郎伯殊方鎮，京華舊國移。
秦城迴北斗，郢樹發南枝。
不見朝正使，啼痕滿面垂。

春望

國破山河在，城春草木深。
感時花濺泪，恨別鳥驚心。
烽火連三月，家書抵萬金。
白頭搔更短，渾欲不勝簪。

渾：簡直。

得舍弟消息（二首選一）

近有平陰信，遥憐舍弟存。
側身千里道，寄食一家村。
烽舉新酣戰，啼垂舊血痕。
不知臨老日，招得幾時魂。

憶幼子

驥子春猶隔，鶯歌暖正繁。
別離驚節換，聰慧與誰論。
澗水空山道，柴門老樹村。
憶渠愁只睡，炙背俯晴軒。

遣興

驥子好男兒，前年學語時。

問知人客姓，誦得老夫詩。
世亂憐渠小，家貧仰母慈。
鹿門携不遂，雁足繫難期。
天地軍麾滿，山河戰角悲。
儻歸免相失，見日敢辭遲。

塞蘆子

五城何迢迢，迢迢隔河水。
邊兵盡東征，城内空荆杞。
思明割懷衛，秀岩西未已。
迴略大荒來，崤函蓋虚爾。
迴略：迂迴包抄。
延州秦北户，關防猶可倚。

焉得一萬人，疾驅塞蘆子。
岐有薛大夫，旁制山賊起。
近聞昆戎徒，爲退三百里。
蘆關扼兩寇，深意實在此。
誰能叫帝閽，胡行速如鬼。帝閽：天門。

哀江頭

少陵野老吞聲哭，春日潛行曲江曲。
江頭宮殿鎖千門，細柳新蒲爲誰緑。
憶昔霓旌下南苑，苑中萬物生顏色。
昭陽殿裏第一人，同輦隨君侍君側。
輦前才人帶弓箭，白馬嚼嚙黄金勒。

翻身向天仰射雲，一笑正墜雙飛翼。
明眸皓齒今何在？血污游魂歸不得。
清渭東流劍閣深，去住彼此無消息。
人生有情泪沾臆，江草江花豈終極。
黄昏胡騎塵滿城，欲往城南望城北。

臆：胸膛。

自京竄至鳳翔喜達行在所（三首選二）

其一

西憶岐陽信，無人遂却回。
眼穿當落日，心死著寒灰。
茂樹行相引，蓮山望忽開。
所親驚老瘦，辛苦賊中來。

其三

死去憑誰報，歸來始自憐。
猶瞻太白雪，喜遇武功天。
影静千官裏，心蘇七校前。
今朝漢社稷，新數中興年。

述懷

去年潼關破，妻子隔絕久。
今夏草木長，脱身得西走。
麻鞋見天子，衣袖見兩肘。
朝廷慜生還，親故傷老醜。
涕泪受拾遺，流離主恩厚。

柴門雖得去，未忍即開口。
寄書問三川，不知家在否？
比聞同罹禍，殺戮到鷄狗。
比聞：近來聽説。
山中漏茅屋，誰復依户牖。
摧頹蒼松根，地冷骨未朽。
幾人全性命，盡室豈相偶。
嶔岑猛虎場，鬱結迴我首。
嶔（音欽）岑：山高峻貌。
自寄一封書，今已十月後。
反畏消息來，寸心亦何有。
漢運初中興，生平老耽酒。
沉思歡會處，恐作窮獨叟。

得家書

去憑游客寄，來爲附家書。
今日知消息，他鄉且舊居。
熊兒幸無恙，驥子最憐渠。
臨老羈孤極，傷時會合疏。
二毛趨帳殿，一命侍鸞輿。
北闕妖氛滿，西郊白露初。
涼風新過雁，秋雨欲生魚。
農事空山裏，眷言終荷鋤。

月

天上秋期近，人間月影清。

入河蟾不没，搗藥兔長生。

只益丹心苦，能添白髮明。

干戈知滿地，休照國西營。

羌村三首

其一

峥嶸赤雲西，日脚下平地。

日脚：雲間透出的陽光。

柴門鳥雀噪，歸客千里至。

妻孥怪我在，驚定還拭泪。

世亂遭飄蕩，生還偶然遂。

鄰人滿墻頭，感嘆亦歔欷。

夜闌更秉燭，相對如夢寐。

其二

晚歲迫偷生，還家少歡趣。
嬌兒不離膝，畏我復却去。
憶昔好追涼，故繞池邊樹。
蕭蕭北風勁，撫事煎百慮。
賴知禾黍收，已覺糟床注。
如今足斟酌，且用慰遲暮。

其三

群鷄正亂叫，客至鷄鬥争。
驅鷄上樹木，始聞叩柴荆。
父老四五人，問我久遠行。

手中各有携，傾榼濁復清。榼（音科）：盛酒器具。

莫辭酒味薄，黍地無人耕。

兵革既未息，兒童盡東征。

請爲父老歌，艱難愧深情。

歌罷仰天嘆，四座涕縱横。

北征

皇帝二載秋，閏八月初吉。

杜子將北征，蒼茫問家室。

維時遭艱虞，朝野少暇日。

顧慚恩私被，詔許歸蓬蓽。蓬蓽：用草和樹枝搭成的簡陋房屋。

拜辭詣闕下，怵惕久未出。

雖乏諫諍姿，恐君有遺失。
君誠中興主，經緯固密勿。

經緯：此指治理國家。

東胡反未已，臣甫憤所切。
揮涕戀行在，道途猶恍惚。

行在：天子的臨時居所。

乾坤含瘡痍，憂虞何時畢。
靡靡逾阡陌，人烟眇蕭瑟。
所遇多被傷，呻吟更流血。
回首鳳翔縣，旌旗晚明滅。
前登寒山重，屢得飲馬窟。
邠郊入地底，涇水中蕩潏。

蕩潏（音玉）：水流動的樣子。

猛虎立我前，蒼崖吼時裂。

菊垂今秋花，石帶古車轍。
青雲動高興，幽事亦可悅。
山果多瑣細，羅生雜橡栗。
或紅如丹砂，或黑如點漆。
雨露之所濡，甘苦齊結實。
緬思桃源内，益嘆身世拙。
坡陀望鄜畤，岩谷互出没。
我行已水濱，我僕猶木末。
鴟鳥鳴黄桑，野鼠拱亂穴。
夜深經戰場，寒月照白骨。
潼關百萬師，往者散何卒。

遂令半秦民，殘害爲异物。
況我墮胡塵，及歸盡華髮。
經年至茅屋，妻子衣百結。
慟哭松聲迴，悲泉共幽咽。
平生所嬌兒，顔色白勝雪。
見耶背面啼，垢膩脚不襪。
床前兩小女，補綴才過膝。
海圖拆波濤，舊綉移曲折。
天吴及紫鳳，顛倒在裋褐。
老夫情懷惡，嘔泄卧數日。
那無囊中帛，救汝寒凜慄。

粉黛亦解苞，衾裯稍羅列。
瘦妻面復光，痴女頭自櫛。
學母無不爲，曉妝隨手抹。
移時施朱鉛，狼籍畫眉闊。
生還對童稚，似欲忘飢渴。
問事競挽鬚，誰能即嗔喝。
翻思在賊愁，甘受雜亂聒。
翻思：回想。
新歸且慰意，生理焉得説。
生理：生計。
至尊尚蒙塵，幾日休練卒。
仰觀天色改，坐覺妖氛豁。
陰風西北來，慘澹隨回紇。

其王願助順，其俗善馳突。
送兵五千人，驅馬一萬匹。
此輩少爲貴，四方服勇決。
所用皆鷹騰，破敵過箭疾。
聖心頗虛佇，時議氣欲奪。　虛佇：虛心期待。
伊洛指掌收，西京不足拔。　指掌收：收復易如反掌。
官軍請深入，蓄鋭可俱發。
此舉開青徐，旋瞻略恒碣。
昊天積霜露，正氣有肅殺。
禍轉亡胡歲，勢成擒胡月。
胡命其能久，皇綱未宜絶。

憶昨狼狽初，事與古先別。

奸臣竟菹醢，同惡隨蕩析。菹醢（音租海）：剁成肉醬。

不聞夏殷衰，中自誅妹妲。

周漢獲再興，宣光果明哲。

桓桓陳將軍，仗鉞奮忠烈。桓桓：威武的樣子。

微爾人盡非，于今國猶活。

淒涼大同殿，寂寞白獸闥。

都人望翠華，佳氣向金闕。

園陵固有神，掃灑數不缺。

煌煌太宗業，樹立甚宏達。

彭衙行

憶昔避賊初，北走經險艱。

夜深彭衙道，月照白水山。

盡室久徒步，逢人多厚顏。

參差谷鳥吟，不見游子還。

痴女飢咬我，啼畏虎狼聞。

懷中掩其口，反側聲愈嗔。

反側：掙扎。

小兒强解事，故索苦李餐。

一旬半雷雨，泥濘相攀牽。

既無禦雨備，徑滑衣又寒。

有時經契闊，竟日數里間。

契闊：艱辛，勞苦。

野果充糇糧，卑枝成屋椽。

糇糧：乾糧。

早行石上水，暮宿天邊烟。
小留同家窪，欲出蘆子關。
故人有孫宰，高義薄曾雲。
延客已曛黑，張燈啓重門。
暖湯濯我足，剪紙招我魂。暖湯：熱水。
從此出妻孥，相視涕闌干。
衆雛爛熳睡，喚起霑盤飧。霑盤飧：吃晚飯。
誓將與夫子，永結爲弟昆。
遂空所坐堂，安居奉我歡。
誰肯艱難際，豁達露心肝。
別來歲月周，胡羯仍構患。

何當有翅翎，飛去墮爾前。

送鄭十八虔貶台州司户傷其臨老陷賊之故闕爲面別情見于詩

鄭公樗散鬢成絲，酒後常稱老畫師。樗（音初）散：樗木爲散材，喻不合世用。

萬里傷心嚴譴日，百年垂死中興時。嚴譴：嚴厲的處罰。

蒼惶已就長途往，邂逅無端出餞遲。

便與先生應永訣，九重泉路盡交期。

臘日

臘日常年暖尚遥，今年臘日凍全消。

侵陵雪色還萱草，漏泄春光有柳條。

縱酒欲謀良夜醉，還家初散紫宸朝。

口脂面藥隨恩澤，翠管銀罌下九霄。

春宿左省

花隱掖垣暮，啾啾栖鳥過。掖垣：原指宫殿圍墻。唐代門下、中書兩省稱左右掖垣，此指左掖。
星臨萬户動，月傍九霄多。
不寢聽金鑰，因風想玉珂。玉珂：馬鈴。
明朝有封事，數問夜如何。

曲江陪鄭八丈南史飲

雀啄江頭黄柳花，鵁鶄鸂鶒滿晴沙。
自知白髮非春事，且盡芳樽戀物華。
近侍即今難浪迹，此身那得更無家。
丈人才力猶强健，豈傍青門學種瓜。

曲江（二首）

其一

一片花飛減却春，風飄萬點正愁人。
且看欲盡花經眼，莫厭傷多酒入脣。
江上小堂巢翡翠，花邊高冢卧麒麟。
細推物理須行樂，何用浮名絆此身。

物理：事物盛衰變化之理。

其二

朝回日日典春衣，每日江頭盡醉歸。
酒債尋常行處有，人生七十古來稀。
穿花蛺蝶深深見，點水蜻蜓款款飛。
傳語風光共流轉，暫時相賞莫相違。

杜甫詩選

酬孟雲卿

樂極傷頭白，更長愛燭紅。

相逢難衮衮，告别莫匆匆。

但恐天河落，寧辭酒盞空。

明朝牽世務，揮泪各西東。

至德二載甫自京金光門出間道歸鳳翔乾元初從左拾遺移華州掾與親故别因出此門有悲往事

此道昔歸順，西郊胡正繁。

至今猶破膽，應有未招魂。

近侍歸京邑，移官豈至尊。移官：貶官。

無才日衰老，駐馬望千門。千門：指皇宫。

曲江對酒

苑外江頭坐不歸，水精春殿轉霏微。
桃花細逐楊花落，黄鳥時兼白鳥飛。
縱飲久判人共弃，懶朝真與世相違。
吏情更覺滄洲遠，老大徒傷未拂衣。

瘦馬行

東郊瘦馬使我傷，骨骼硉兀如堵墻。硉（音陸）兀：突出。
絆之欲動轉欹側，此豈有意仍騰驤。
細看六印帶官字，衆道三軍遺路旁。
皮乾剥落雜泥滓，毛暗蕭條連雪霜。
去歲奔波逐餘寇，驊騮不慣不得將。

士卒多騎内厩馬，惆悵恐是病乘黄。乘黄：古良馬名。

當時歷塊誤一蹶，委弃非汝能周防。歷塊：形容馬速之快。

見人慘澹若哀訴，失主錯莫無晶光。錯莫：落寞。

天寒遠放雁爲伴，日暮不收烏啄瘡。

誰家且養願終惠，更試明年春草長。

義鶻行

陰崖二蒼鷹，養子黑柏顛。

白蛇登其巢，吞噬恣朝餐。

雄飛遠求食，雌者鳴辛酸。

力强不可制，黄口無半存。

其父從西歸，翻身入長烟。

斯須領健鶻，痛憤寄所宣。斯須：片刻。

斗上捩孤影，噭哮來九天。捩（音列）：扭轉。噭（音叫）

修鱗脱遠枝，巨顙拆老拳。哮：高聲長鳴。

高空得蹭蹬，短草辭蜿蜒。

折尾能一掉，飽腸皆已穿。

生雖滅衆雛，死亦垂千年。

物情有報復，快意貴目前。

兹實鷙鳥最，急難心炯然。

功成失所往，用舍何其賢。

近經潏水湄，此事樵夫傳。

飄蕭覺素髮，凛欲衝儒冠。

人生許與分，只在顧盼間。
聊爲《義鶻行》，用激壯士肝。

九日藍田崔氏莊

老去悲秋强自寬，興來今日盡君歡。
羞將短髮還吹帽，笑倩傍人爲正冠。倩：使。
藍水遠從千澗落，玉山高并兩峰寒。
明年此會知誰健，醉把茱萸仔細看。

得舍弟消息

亂後誰歸得，他鄉勝故鄉。
直爲心厄苦，久念與存亡。
汝書猶在壁，汝妾已辭房。

舊犬知愁恨，垂頭傍我床。

贈衛八處士

人生不相見，動如參與商。
今夕復何夕，共此燈燭光。
少壯能幾時，鬢髮各已蒼。
訪舊半爲鬼，驚呼熱中腸。
焉知二十載，重上君子堂。
昔別君未婚，兒女忽成行。
怡然敬父執，問我來何方。父執：父親的好友。
問答未及已，驅兒羅酒漿。
夜雨剪春韭，新炊間黃粱。

主稱會面難，一舉累十觴。

十觴亦不醉，感子故意長。

故意長：故人的情意深長。

明日隔山岳，世事兩茫茫。

洗兵行

中興諸將收山東，捷書夜報清晝同。

河廣傳聞一葦過，胡危命在破竹中。

只殘鄴城不日得，獨任朔方無限功。

京師皆騎汗血馬，回紇餧肉蒲萄宮。

已喜皇威清海岱，常思仙仗過崆峒。

三年笛裏關山月，萬國兵前草木風。

草木風：草木皆兵。

成王功大心轉小，郭相謀深古來少。

司徒清鑒懸明鏡，尚書氣與秋天杳。
二三豪俊爲時出，整頓乾坤濟時了。
東走無復憶鱸魚，南飛覺有安巢鳥。
青春復隨冠冕入，紫禁正耐烟花繞。
鶴駕通宵鳳輦備，鷄鳴問寢龍樓曉。
攀龍附鳳勢莫當，天下盡化爲侯王。
汝等豈知蒙帝力，時來不得誇身强。
關中既留蕭丞相，幕下復用張子房。
張公一生江海客，身長九尺鬚眉蒼。
徵起適遇風雲會，扶顛始知籌策良。
青袍白馬更何有，後漢今周喜再昌。

寸地尺天皆入貢，奇祥异瑞争來送。
不知何國致白環，復道諸山得銀瓮。
隱士休歌紫芝曲，詞人解撰河清頌。
田家望望惜雨乾，布穀處處催春種。
淇上健兒歸莫懶，城南思婦愁多夢。
安得壯士挽天河，净洗甲兵長不用。

新安吏

客行新安道，喧呼聞點兵。
借問新安吏，縣小更無丁。
府帖昨夜下，次選中男行。
中男絶短小，何以守王城。

肥男有母送，瘦男獨伶俜。

伶俜：孤獨無依的樣子。

白水暮東流，青山猶哭聲。
莫自使眼枯，收汝泪縱横。
眼枯即見骨，天地終無情。
我軍取相州，日夕望其平。
豈意賊難料，歸軍星散營。
就糧近故壘，練卒依舊京。

舊京：洛陽。

掘壕不到水，牧馬役亦輕。
況乃王師順，撫養甚分明。
送行勿泣血，僕射如父兄。

潼關吏

士卒何草草，築城潼關道。
大城鐵不如，小城萬丈餘。
借問潼關吏，修關還備胡。
要我下馬行，爲我指山隅。
連雲列戰格，飛鳥不能逾。
胡來但自守，豈復憂西都。
丈人視要處，窄狹容單車。
艱難奮長戟，萬古用一夫。
哀哉桃林戰，百萬化爲魚。
請囑防關將，慎勿學哥舒。

石壕吏

暮投石壕村，有吏夜捉人。
老翁逾墻走，老婦出看門。
吏呼一何怒，婦啼一何苦。
聽婦前致詞，三男鄴城戍。
一男附書至，二男新戰死。
存者且偷生，死者長已矣。
室中更無人，惟有乳下孫。
有孫母未去，出入無完裙。
老嫗力雖衰，請從吏夜歸。
急應河陽役，猶得備晨炊。
夜久語聲絶，如聞泣幽咽。

天明登前途，獨與老翁別。

新婚別

兔絲附蓬麻，引蔓故不長。
嫁女與征夫，不如弃路傍。
結髮爲妻子，席不暖君床。
暮婚晨告别，無乃太匆忙。
君行雖不遠，守邊赴河陽。
妾身未分明，何以拜姑嫜。姑嫜：指婆婆和公公。
父母養我時，日夜令我藏。
生女有所歸，鷄狗亦得將。將：順從。
君今生死地，沉痛迫中腸。

誓欲隨君去，形勢反蒼黄。 蒼黄：變化。

勿爲新婚念，努力事戎行。

婦人在軍中，兵氣恐不揚。

自嗟貧家女，久致羅襦裳。

羅襦不復施，對君洗紅妝。

仰視百鳥飛，大小必雙翔。

人事多錯迕，與君永相望。

垂老别

四郊未寧静，垂老不得安。

子孫陣亡盡，焉用身獨完。

投杖出門去，同行爲辛酸。

幸有牙齒存，所悲骨髓乾。
男兒既介胄，長揖別上官。
老妻卧路啼，歲暮衣裳單。
孰知是死別，且復傷其寒。
此去必不歸，還聞勸加餐。
土門壁甚堅，杏園度亦難。
勢异鄴城下，縱死時猶寬。
人生有離合，豈擇衰老端。
憶昔少壯日，遲迴竟長嘆。
萬國盡征戍，烽火被岡巒。
積尸草木腥，流血川原丹。

何鄉爲樂土，安敢尚盤桓。
弃絶蓬室居，塌然摧肺肝。塌然：哀痛貌。

無家別

寂寞天寶後，園廬但蒿藜。
我里百餘家，世亂各東西。
存者無消息，死者爲塵泥。
賤子因陣敗，歸來尋舊蹊。
久行見空巷，日瘦氣慘凄。日瘦：日色慘淡無光。
但對狐與狸，豎毛怒我啼。
四鄰何所有，一二老寡妻。
宿鳥戀本枝，安辭且窮栖。

方春獨荷鋤，日暮還灌畦。
縣吏知我至，召令習鼓鞞。
雖從本州役，内顧無所携。
近行止一身，遠去終轉迷。
終轉迷：不知會怎樣。
家鄉既蕩盡，遠近理亦齊。
永痛長病母，五年委溝溪。
生我不得力，終身兩酸嘶。
人生無家别，何以爲蒸黎。
蒸黎：百姓。

留花門

花門：回紇的别名。

北門天驕子，飽肉氣勇决。
高秋馬肥健，挾矢射漢月。
射漢月：侵入漢地。

自古以爲患，詩人厭薄伐。
修德使其來，羈縻固不絕。
胡爲傾國至，出入暗金闕。
中原有驅除，隱忍用此物。
公主歌黃鵠，君王指白日。
連雲屯左輔，百里見積雪。
長戟鳥休飛，哀笳曙幽咽。
田家最恐懼，麥倒桑枝折。
沙苑臨清渭，泉香草豐潔。
渡河不用船，千騎常撇烈。
胡塵逾太行，雜種抵京室。

花門既須留，原野轉蕭瑟。

佳人

絶代有佳人，幽居在空谷。
自云良家子，零落依草木。
關中昔喪亂，兄弟遭殺戮。
官高何足論，不得收骨肉。
世情惡衰歇，萬事隨轉燭。轉燭：指世事無常。
夫婿輕薄兒，新人美如玉。
合昏尚知時，鴛鴦不獨宿。
但見新人笑，那聞舊人哭。
在山泉水清，出山泉水濁。

侍婢賣珠迴，牽蘿補茅屋。
摘花不插髮，采柏動盈掬。
天寒翠袖薄，日暮倚修竹。

夢李白（二首）

其一

死别已吞聲，生别常惻惻。
江南瘴癘地，逐客無消息。
故人入我夢，明我長相憶。
君今在羅網，何以有羽翼。
恐非平生魂，路遠不可測。
魂來楓林青，魂返關塞黑。

逐客：被流放的行人，此指李白。

落月滿屋梁，猶疑照顔色。
水深波浪闊，無使蛟龍得。

其二

浮雲終日行，游子久不至。
三夜頻夢君，情親見君意。
告歸常局促，苦道來不易。
江湖多風波，舟楫恐失墜。
出門搔白首，若負平生志。
冠蓋滿京華，斯人獨憔悴。
孰云網恢恢，將老身反累。
千秋萬歲名，寂寞身後事。

秦州雜詩（二十首選四）

其一

滿目悲生事，因人作遠游。
遲迴度隴怯，浩蕩及關愁。
水落魚龍夜，山空鳥鼠秋。
西征問烽火，心折此淹留。

魚龍：川名。 鳥鼠：山名。

其四

鼓角緣邊郡，川原欲夜時。
秋聽殷地發，風散入雲悲。
抱葉寒蟬靜，歸山獨鳥遲。
萬方聲一概，吾道竟何之。

緣：回環。

一概：一齊。

其七

莽莽萬重山，孤城石谷間。
無風雲出塞，不夜月臨關。不夜：月光如晝。
屬國歸何晚，樓蘭斬未還。
烟塵一長望，衰颯正摧顔。

其二十

唐堯真自聖，野老復何知。
曬藥能無婦，應門亦有兒。應門：看管門户。
藏書聞禹穴，讀記憶仇池。
爲報鴛行舊，鷦鷯在一枝。鴛行舊：同朝舊友。

月夜憶舍弟

戍鼓斷人行，秋邊一雁聲。
露從今夜白，月是故鄉明。
有弟皆分散，無家問死生。
寄書長不達，况乃未休兵。

天末懷李白

涼風起天末，君子意如何。
鴻雁幾時到，江湖秋水多。
文章憎命達，魑魅喜人過。
應共冤魂語，投詩贈汨羅。

即事

聞道花門破，和親事却非。

人憐漢公主，生得渡河歸。
秋思抛雲髻，腰支勝寶衣。
群凶猶索戰，回首意多違。

擣衣

亦知戍不返，秋至拭清砧。
已近苦寒月，况經長別心。
寧辭擣衣倦，一寄塞垣深。
用盡閨中力，君聽空外音。

促織

促織甚微細，哀音何動人。
草根吟不穩，床下夜相親。

久客得無泪，故妻難及晨。
悲絲與急管，感激异天真。

蒹葭

摧折不自守，秋風吹若何。
暫時花戴雪，幾處葉沉波。
體弱春苗早，叢長夜露多。
江湖後摇落，亦恐歲蹉跎。

苦竹

青冥亦自守，軟弱强扶持。
味苦夏蟲避，叢卑春鳥疑。
軒墀曾不重，剪伐欲無辭。

幸近幽人屋，霜根結在兹。

空囊

翠柏苦猶食，晨霞高可餐。
世人共鹵莽，吾道屬艱難。
不爨井晨凍，無衣床夜寒。

不爨：斷炊。

囊空恐羞澀，留得一錢看。

病馬

乘爾亦已久，天寒關塞深。
塵中老盡力，歲晚病傷心。
毛骨豈殊衆，馴良猶至今。
物微意不淺，感動一沉吟。

送遠

帶甲滿天地，胡爲君遠行。
親朋盡一哭，鞍馬去孤城。
草木歲月晚，關河霜雪清。
别離已昨日，因見古人情。

寄李十二白二十韵

昔年有狂客，號爾謫仙人。
筆落驚風雨，詩成泣鬼神。
聲名從此大，汩没一朝伸。
文彩承殊渥，流傳必絶倫。
龍舟移棹晚，獸錦奪袍新。

白日來深殿，青雲滿後塵。
乞歸優詔許，遇我宿心親。
未負幽栖志，兼全寵辱身。
劇談憐野逸，嗜酒見天真。
醉舞梁園夜，行歌泗水春。
才高心不展，道屈善無鄰。
處士禰衡俊，諸生原憲貧。
稻粱求未足，薏苡謗何頻。
薏苡：禾本科植物。後喻遭誹謗。
五嶺炎蒸地，三危放逐臣。
幾年遭鵩鳥，獨泣向麒麟。
鵩鳥：夜鳴聲惡，古稱不祥之鳥。
蘇武元還漢，黃公豈事秦。

楚筵辭醴日，梁獄上書辰。
已用當時法，誰將此議陳？
老吟秋月下，病起暮江濱。
莫怪恩波隔，乘槎與問津。

發秦州

我衰更懶拙，生事不自謀。
無食問樂土，無衣思南州。
漢源十月交，天氣涼如秋。
草木未黃落，况聞山水幽。
栗亭名更嘉，下有良田疇。
充腸多薯蕷，崖蜜亦易求。

密竹復冬笋，清池可方舟。方舟：兩舟并行。
雖傷旅寓遠，庶遂平生游。
此邦俯要衝，實恐人事稠。稠：煩雜。
應接非本性，登臨未銷憂。
溪谷無异石，塞田始微收。
豈復慰老夫，惘然難久留。
日色隱孤戍，烏啼滿城頭。
中宵驅車去，飲馬寒塘流。
磊落星月高，蒼茫雲霧浮。
大哉乾坤内，吾道長悠悠。

寒硤

行邁日悄悄，山谷勢多端。

雲門轉絶岸，積阻霾天寒。

寒硤不可度，我實衣裳單。

况當仲冬交，泝沿增波瀾。

野人尋烟語，行子傍水餐。

此生免荷殳，未敢辭路難。

殳：兵器。

鳳凰臺

亭亭鳳凰臺，北對西康州。

西伯今寂寞，鳳聲亦悠悠。

山峻路絶蹤，石林氣高浮。

安得萬丈梯，爲君上上頭。

恐有無母雛，飢寒日啾啾。
我能剖心血，飲啄慰孤愁。
心以當竹實，炯然無外求。
血以當醴泉，豈徒比清流。
所重王者瑞，敢辭微命休。
坐看彩翮長，舉意八極周。
自天銜瑞圖，飛下十二樓。
圖以奉至尊，鳳以垂鴻猷。鴻猷：指大業。
再光中興業，一洗蒼生憂。
深衷正爲此，群盜何淹留。

乾元中寓居同谷縣作歌七首

其一

有客有客字子美，白頭亂髮垂過耳。
歲拾橡栗隨狙公，天寒日暮山谷裏。狙公：馴猴老者。
中原無書歸不得，手脚凍皴皮肉死。
嗚呼一歌兮歌已哀，悲風爲我從天來。

其二

長鑱長鑱白木柄，我生托子以爲命。
黄獨無苗山雪盛，短衣數挽不掩脛。
此時與子空歸來，男呻女吟四壁静。
嗚呼二歌兮歌始放，閭里爲我色惆悵。

其三

有弟有弟在遠方，三人各瘦何人强？
生别展轉不相見，胡塵暗天道路長。
東飛駕鵝後鶖鶬，安得送我置汝傍。
嗚呼三歌兮歌三發，汝歸何處收兄骨。

其四

有妹有妹在鍾離，良人早殁諸孤痴。
長淮浪高蛟龍怒，十年不見來何時。
扁舟欲往箭滿眼，杳杳南國多旌旗。
嗚呼四歌兮歌四奏，林猿爲我啼清晝。

痴：指年幼不懂事。

其五

四山多風溪水急，寒雨颯颯枯樹濕。

黄蒿古城雲不開，白狐跳梁黄狐立。
我生何爲在窮谷，中夜起坐萬感集。
嗚呼五歌兮歌正長，魂招不來歸故鄉。

其六

南有龍兮在山湫，古木巃嵸枝相樛。
巃嵸：山高峻的樣子。
木葉黄落龍正蟄，蝮蛇東來水上游。
我行怪此安敢出，拔劍欲斬且復休。
嗚呼六歌兮歌思遲，溪壑爲我迴春姿。

其七

男兒生不成名身已老，三年飢走荒山道。
長安卿相多少年，富貴應須致身早。

山中儒生舊相識，但話宿昔傷懷抱。

嗚呼七歌兮悄終曲，仰視皇天白日速。

白日速：時光如白駒過隙，時不我待。

發同谷縣

賢有不黔突，聖有不暖席。

況我飢愚人，焉能尚安宅？

始來茲山中，休駕喜地僻。

休駕：息駕，指卜居同谷。

奈何迫物累，一歲四行役。

忡忡去絕境，杳杳更遠適。

停驂龍潭雲，迴首白崖石。

臨岐別數子，握手淚再滴。

交情無舊深，窮老多慘戚。

平生懶拙意，偶值栖遁迹。
去住與願違，仰慚林間翮。

剣門

惟天有設險，劍門天下壯。
連山抱西南，石角皆北向。
兩崖崇墉倚，刻畫城郭狀。
一夫怒臨關，百萬未可傍。
珠玉走中原，岷峨氣淒愴。
三皇五帝前，鷄犬各相放。
後王尚柔遠，職貢道已喪。
至今英雄人，高視見霸王。

并吞與割據，極力不相讓。
吾將罪真宰，意欲鏟疊嶂。
恐此復偶然，臨風默惆悵。

成都府

翳翳桑榆日，照我征衣裳。桑榆日：晚日。
我行山川异，忽在天一方。
但逢新人民，未卜見故鄉。
大江東流去，游子日月長。
曾城填華屋，季冬樹木蒼。曾城：重城。
喧然名都會，吹簫間笙簧。
信美無與適，側身望川梁。

鳥雀夜各歸，中原杳茫茫。
初月出不高，衆星尚争光。
自古有羈旅，我何苦哀傷。

卜居

浣花溪水水西頭，主人爲卜林塘幽。
已知出郭少塵事，更有澄江銷客愁。
無數蜻蜓齊上下，一雙鸂鶒對沉浮。
東行萬里堪乘興，須向山陰入小舟

堂成

背郭堂成蔭白茅，緣江路熟俯青郊。
榿林礙日吟風葉，籠竹和烟滴露梢。

礙日：遮擋陽光。

暫止飛烏將數子，頻來語燕定新巢。

旁人錯比揚雄宅，懶惰無心作《解嘲》。

蜀相

丞相祠堂何處尋？錦官城外柏森森。

映階碧草自春色，隔葉黄鸝空好音。

三顧頻繁天下計，兩朝開濟老臣心。濟：經營，完成。

出師未捷身先死，長使英雄泪滿襟。

爲農

錦里烟塵外，江村八九家。錦里：即成都。

圓荷浮小葉，細麥落輕花。

卜宅從兹老，爲農去國賒。賒：遠。

遠慚勾漏令，不得問丹砂。

賓至

幽棲地僻經過少，老病人扶再拜難。
豈有文章驚海内，漫勞車馬駐江干。
竟日淹留佳客坐，百年粗糲腐儒餐。
不嫌野外無供給，乘興還來看藥欄。

江干：江邊。

狂夫

萬里橋西一草堂，百花潭水即滄浪。
風含翠篠娟娟净，雨裛紅蕖冉冉香。
厚禄故人書斷絶，恒飢稚子色凄凉。
欲填溝壑惟疏放，自笑狂夫老更狂。

翠篠（音晓）：緑色翠竹。

江村

清江一曲抱村流，長夏江村事事幽。
自去自來梁上燕，相親相近水中鷗。
老妻畫紙爲棋局，稚子敲針作釣鈎。
但有故人供禄米，微軀此外更何求？

野老

野老籬邊江岸迴，柴門不正逐江開。
漁人網集澄潭下，估客船隨返照來。
長路關心悲劍閣，片雲何事傍琴臺。
王師未報收東郡，城闕秋生畫角哀。

畫角：古軍樂。

題壁上韋偃畫馬歌

韋侯別我有所適，知我憐渠畫無敵。
戲拈禿筆掃驊騮，欻見騏驎出東壁。欻：忽然。
一匹齕草一匹嘶，坐看千里當霜蹄。
時危安得真致此？與人同生亦同死。

戲題王宰畫山水圖歌

十日畫一水，五日畫一石。
能事不受相促迫，王宰始肯留真迹。
壯哉昆侖方壺圖，挂君高堂之素壁。
巴陵洞庭日本東，赤岸水與銀河通，中有雲氣隨飛龍。
舟人漁子入浦漵，山木盡亞洪濤風。亞：低垂。
尤工遠勢古莫比，咫尺應須論萬里。

焉得并州快剪刀，翦取吴松半江水。

恨别

洛城一别四千里，胡騎長驅五六年。

草木變衰行劍外，兵戈阻絶老江邊。

思家步月清宵立，憶弟看雲白日眠。

聞道河陽近乘勝，司徒急爲破幽燕。

和裴迪登蜀州東亭送客逢早梅相憶見寄

東閣官梅動詩興，還如何遜在揚州。

此時對雪遥相憶，送客逢春可自由。雪：指梅花。

幸不折來傷歲暮，若爲看去亂鄉愁。若爲：怎堪。

江邊一樹垂垂發，朝夕催人自白頭。

後游

寺憶曾游處，橋憐再渡時。憐：愛。
江山如有待，花柳更無私。
野潤烟光薄，沙暄日色遲。暄：暖。
客愁全爲減，舍此復何之？

絶句漫興（九首選四）

其一

眼見客愁愁不醒，無賴春色到江亭。
即遣花開深造次，便教鶯語太丁寧。造次：匆忙。

其二

手種桃李非無主，野老墻低還是家。

恰似春風相欺得，夜來吹折數枝花。

其八

舍西柔桑葉可拈，江畔細麥復纖纖。

人生幾何春已夏，不放香醪如蜜甜。

其九

隔户楊柳弱裊裊，恰似十五女兒腰。

誰謂朝來不作意，狂風挽斷最長條。

客至

舍南舍北皆春水，但見群鷗日日來。

花徑不曾緣客掃，蓬門今始爲君開。

盤飧市遠無兼味，樽酒家貧只舊醅。

肯與鄰翁相對飲，隔籬呼取盡餘杯。

漫成（二首）

其一

野日荒荒白，春流泯泯清。
渚蒲隨地有，村徑逐門成。
只作披衣慣，常從漉酒生。
眼前無俗物，多病也身輕。

其二

江皋已仲春，花下復清晨。
仰面貪看鳥，回頭錯應人。
讀書難字過，對酒滿壺頻。

近識峨嵋老，知余懶是真。

春夜喜雨

好雨知時節，當春乃發生。
隨風潛入夜，潤物細無聲。
野徑雲俱黑，江船火獨明。
曉看紅濕處，花重錦官城。

春水

三月桃花浪，江流復舊痕。
朝來没沙尾，碧色動柴門。
接縷垂芳餌，連筒灌小園。
已添無數鳥，争浴故相喧。

江亭

坦腹江亭暖，長吟野望時。
水流心不競，雲在意俱遲。
寂寂春將晚，欣欣物自私。寂寂：悄悄。
故林歸未得，排悶强裁詩。裁詩：作詩。

早起

春來常早起，幽事頗相關。
帖石防隤岸，開林出遠山。
一丘藏曲折，緩步有躋攀。
童僕來城市，瓶中得酒還。

獨酌

步屧深林晚，開樽獨酌遲。
仰蜂粘落絮，行蟻上枯梨。
薄劣慚真隱，幽偏得自怡。
本無軒冕意，不是傲當時。

琴臺

茂陵多病後，尚愛卓文君。
酒肆人間世，琴臺日暮雲。
野花留寶靨，蔓草見羅裙。
歸鳳求凰意，寥寥不復聞。

春水生（二絶）

其一

二月六夜春水生，門前小灘渾欲平。
鸕鷀鸂鶒莫漫喜，吾與汝曹俱眼明。

其二

一夜水高二尺强，數日不可更禁當。
南市津頭有船賣，無錢即買繫籬旁。

江上值水如海勢聊短述

爲人性僻耽佳句，語不驚人死不休。耽：嗜好。
老去詩篇渾漫興，春來花鳥莫深愁。
新添水檻供垂釣，故著浮槎替入舟。槎：木筏。
焉得思如陶謝手，令渠述作與同游。

江畔獨步尋花七絶句（七首選五）

其一

江上被花惱不徹，無處告訴只顛狂。

走覓南鄰愛酒伴，經旬出飲獨空床。

其二

稠花亂蕊裹江濱，行步欹危實怕春。

詩酒尚堪驅使在，未須料理白頭人。

欹危：歪歪斜斜。

料理：照料。

其五

黃師塔前江水東，春光懶困倚微風。

桃花一簇開無主，可愛深紅愛淺紅？

其六

黃四娘家花滿蹊，千朵萬朵壓枝低。

留連戲蝶時時舞，自在嬌鶯恰恰啼。恰恰：頻頻。

其七

不是愛花即欲死，只恐花盡老相催。
繁枝容易紛紛落，嫩蕊商量細細開。

進艇

南京久客耕南畝，北望傷神坐北窗。
晝引老妻乘小艇，晴看稚子浴清江。
俱飛蛺蝶元相逐，并蒂芙蓉本自雙。
茗飲蔗漿携所有，瓷罌無謝玉爲缸。無謝：不遜于。

所思

苦憶荊州醉司馬，謫官樽酒定常開。

九江日落醒何處？一柱觀頭眠幾回。
可憐懷抱向人盡，欲問平安無使來。
故憑錦水將雙泪，好過瞿唐灩澦堆。

送韓十四江東省覲

兵戈不見老萊衣，嘆息人間萬事非。
我已無家尋弟妹，君今何處訪庭闈。庭闈：此指父母。
黄牛峽静灘聲轉，白馬江寒樹影稀。
此别應須各努力，故鄉猶恐未同歸。

楠樹爲風雨所拔嘆

倚江楠樹草堂前，古老相傳二百年。
誅茅卜居總爲此，五月仿佛聞寒蟬。誅茅：剪除茅草。

東南飄風動地至，江翻石走流雲氣。
幹排雷雨猶力争，根斷泉源豈天意。
滄波老樹性所愛，浦上童童一青蓋。
野客頻留懼雪霜，行人不過聽竽籟。
虎倒龍顛委榛棘，泪痕血點垂胸臆。
我有新詩何處吟？草堂自此無顔色。

茅屋爲秋風所破歌

八月秋高風怒號，卷我屋上三重茅。
茅飛渡江灑江郊，高者掛罥長林梢，下者飄轉沉塘坳。
南村群童欺我老無力，忍能對面爲盗賊，公然抱茅入竹去。
脣焦口燥呼不得，歸來倚杖自嘆息。

俄頃風定雲墨色，秋天漠漠向昏黑。
布衾多年冷似鐵，嬌兒惡卧踏裏裂。
床頭屋漏無乾處，雨脚如麻未斷絶。
自經喪亂少睡眠，長夜沾濕何由徹。
安得廣厦千萬間，大庇天下寒士俱歡顔，風雨不動安如山。
嗚呼！何時眼前突兀見此屋，吾廬獨破受凍死亦足。

石犀行

君不見秦時蜀太守，刻石立作五犀牛。
自古雖有厭勝法，天生江水向東流。
蜀人矜誇一千載，泛溢不近張儀樓。
今年灌口損户口，此事或恐爲神羞。

厭勝法：古代一種巫術，認爲運用詛咒或其他方法可以制勝。

修築堤防出衆力，高擁木石當清秋。
先王作法皆正道，詭怪何得參人謀。
嗟爾五犀不經濟，缺訛只與長川逝。　經濟：經世濟用。
但見元氣常調和，自免洪濤恣凋瘵。　凋瘵（音債）：凋敝。
安得壯士提天綱，再平水土犀奔茫。　奔茫：逃跑得無踪迹。

杜鵑行

君不見昔日蜀天子，化作杜鵑似老烏。
寄巢生子不自啄，群鳥至今爲哺雛。
雖同君臣有舊禮，骨肉滿眼身羈孤。
業工竄伏深樹裏，四月五月偏號呼。
其聲哀痛口流血，所訴何事常區區。

爾豈摧殘始發憤，羞帶羽翮傷形愚。
蒼天變化誰料得，萬事反覆何所無。
萬事反覆何所無，豈憶當殿群臣趨。

百憂集行

憶年十五心尚孩，健如黄犢走復來。
庭前八月梨棗熟，一日上樹能千迴。
即今倏忽已五十，坐卧只多少行立。
强將笑語供主人，悲見生涯百憂集。
入門依舊四壁空，老妻睹我顔色同。
痴兒不知父子禮，叫怒索飯啼門東。

徐卿二子歌

君不見徐卿二子生絶奇，感應吉夢相追隨。

孔子釋氏親抱送，并是天上麒麟兒。

大兒九齡色清徹，秋水爲神玉爲骨。

小兒五歲氣食牛，滿堂賓客皆回頭。

吾知徐公百不憂，積善衮衮生公侯。

丈夫生兒有如此二雛者，名位豈肯卑微休。

戲作花卿歌

成都猛將有花卿，學語小兒知姓名。

用如快鶻風火生，見賊惟多身始輕。

綿州副使著柘黄，我卿掃除即日平。

子璋髑髏血模糊，手提擲還崔大夫。

髑（音獨）髏：死人之骨。

李侯重有此節度，人道我卿絕世無。
既稱絕世無，天子何不喚取守東都。

贈花卿

錦城絲管日紛紛，半入江風半入雲。
此曲只應天上有，人間能得幾回聞？

少年行（二首）

其一

莫笑田家老瓦盆，自從盛酒長兒孫。
傾銀注玉驚人眼，共醉終同臥竹根。

其二

巢燕引雛渾去盡，江花結子也無多。

黄衫年少來宜數，不見堂前東逝波。

病橘

群橘少生意，雖多亦奚爲。
惜哉結實小，酸澀如棠梨。
剖之盡蠹蝕，采掇爽所宜。
紛然不適口，豈只存其皮。
蕭蕭半死葉，未忍别故枝。
玄冬霜雪積，况乃迴風吹。
嘗聞蓬萊殿，羅列瀟湘姿。
此物歲不稔，玉食失光輝。
寇盜尚憑陵，當君減膳時。

憑陵：横行。

汝病是天意，吾愁罪有司。
憶昔南海使，奔騰獻荔支。
百馬死山谷，到今耆舊悲。

枯棕

蜀門多棕櫚，高者十八九。
其皮割剥甚，雖衆亦易朽。
徒布如雲葉，青青歲寒後。
交横集斧斤，凋喪先蒲柳。斤：大斧。
傷時苦軍乏，一物官盡取。
嗟爾江漢人，生成復何有。
有同枯棕木，使我沉嘆久。

死者即已休，生者何自守。
啾啾黃雀啄，側見寒蓬走。
走：飛揚。
念爾形影乾，摧殘没藜莠。

不見

不見李生久，佯狂真可哀。
世人皆欲殺，吾意獨憐才。
敏捷詩千首，飄零酒一杯。
匡山讀書處，頭白好歸來。

草堂即事

荒村建子月，獨樹老夫家。
霧裏江船渡，風前竹徑斜。

寒魚依密藻，宿雁聚圓沙。
蜀酒禁愁得，無錢何處賒。

野望

西山白雪三城戍，南浦清江萬里橋。
海内風塵諸弟隔，天涯涕泪一身遥。
惟將遲暮供多病，未有涓埃答聖朝。
跨馬出郊時極目，不堪人事日蕭條。

少年行

馬上誰家白面郎，臨階下馬坐人床。
不通姓氏粗豪甚，指點銀瓶索酒嘗。

遭田父泥飲美嚴中丞

泥飲：纏着對方喝酒。

步屧隨春風，村村自花柳。屧：草鞋。
田翁逼社日，邀我嘗春酒。
酒酣誇新尹，畜眼未見有。
回頭指大男，渠是弓弩手。
名在飛騎籍，長番歲時久。
前日放營農，辛苦救衰朽。
差科死則已，誓不舉家走。差科：賦稅徭役。
今年大作社，拾遺能住否？
叫婦開大瓶，盆中爲吾取。
感此氣揚揚，須知風化首。
語多雖雜亂，說尹終在口。

朝來偶然出，自卯將及酉。
久客惜人情，如何拒鄰叟。
高聲索果栗，欲起時被肘。
指揮過無禮，未覺村野醜。
月出遮我留，仍嗔問升斗。

三絕句

其一

楸樹馨香倚釣磯，斬新花蕊未應飛。
不如醉裏風吹盡，何忍醒時雨打稀。

其二

門外鸕鷀去不來，沙頭忽見眼相猜。

自今已後知人意，一日須來一百迴。

其三

無數春笋滿林生，柴門密掩斷人行。
會須上番看成竹，客至從嗔不出迎。

會須：定要。上番：輪番。

戲爲六絶句（六首選四）

其一

庾信文章老更成，凌雲健筆意縱横。
今人嗤點流傳賦，不覺前賢畏後生。

其二

王楊盧駱當時體，輕薄爲文哂未休。
爾曹身與名俱滅，不廢江河萬古流。

其五

不薄今人愛古人，清詞麗句必爲鄰。

竊攀屈宋宜方駕，恐與齊梁作後塵。

方駕：并駕齊驅。

其六

未及前賢更勿疑，遞相祖述復先誰。

別裁僞體親風雅，轉益多師是汝師。

大麥行

大麥乾枯小麥黄，婦女行泣夫走藏。

東至集壁西梁洋，問誰腰鐮胡與羌。

豈無蜀兵三千人，簿領辛苦江山長。

安得如鳥有羽翅，托身白雲還故鄉。

苦戰行

苦戰身死馬將軍，自云伏波之子孫。伏波：東漢馬援，拜伏波將軍。
干戈未定失壯士，使我嘆恨傷精魂。
去年南行討狂賊，臨江把臂難再得。
別時孤雲今不飛，時獨看雲淚橫臆。

客夜

客睡何曾著，秋天不肯明。
入簾殘月影，高枕遠江聲。
計拙無衣食，途窮仗友生。
老妻書數紙，應悉未歸情。

客亭

秋窗猶曙色，落木更高風。
日出寒山外，江流宿霧中。
聖朝無弃物，衰病已成翁。
多少殘生事，飄零似轉蓬。

秋盡

秋盡東行且未迴，茅齋寄在少城隈。
籬邊老却陶潛菊，江上徒逢袁紹杯。
雪嶺獨看西日落，劍門猶阻北人來。
不辭萬里長爲客，懷抱何時好一開。

聞官軍收河南河北

劍外忽傳收薊北，初聞涕泪滿衣裳。

却看妻子愁何在，漫卷詩書喜欲狂。
白日放歌須縱酒，青春作伴好還鄉。
即從巴峽穿巫峽，便下襄陽向洛陽。

舟前小鵝兒

鵝兒黃似酒，對酒愛新鵝。
引頸嗔船逼，無行亂眼多。
翅開遭宿雨，力小困滄波。
客散層城暮，狐狸奈若何。

九日

去年登高郪縣北，今日重在涪江濱。
苦遭白髮不相放，羞見黃花無數新。

不相放：不饒人。

世亂鬱鬱久爲客，路難悠悠常傍人。
酒闌却憶十年事，腸斷驪山清路塵。

薄游

淅淅風生砌，團團日隱墻。
遥空秋雁滅，半嶺暮雲長。
病葉多先墜，寒花只暫香。
巴城添泪眼，今夕復清光。

王命

漢北豺狼滿，巴西道路難。
血埋諸將甲，骨斷使臣鞍。
牢落新燒棧，蒼茫舊築壇。

深懷喻蜀意，慟哭望王官。

征夫

十室幾人在，千山空自多。
路衢唯見哭，城市不聞歌。
漂梗無安地，銜枚有荷戈。
官軍未通蜀，吾道竟如何。

銜枚：古代行軍時口中銜着枚，以防出聲。

發閬中

前有毒蛇後猛虎，溪行盡日無村塢。
江風蕭蕭雲拂地，山木慘慘天欲雨。
女病妻憂歸意急，秋花錦石誰能數。
別家三月一書來，避地何時免愁苦。

桃竹杖引贈章留後

江心蟠石生桃竹，蒼波噴浸尺度足。尺度足：長短正好。

斬根削皮如紫玉，江妃水仙惜不得。

梓潼使君開一束，滿堂賓客皆嘆息。

憐我老病贈兩莖，出入爪甲鏗有聲。

老夫復欲東南征，乘濤鼓枻白帝城。

路幽必爲鬼神奪，拔劍或與蛟龍爭。

重爲告曰：

杖兮杖兮，爾之生也甚正直，愼勿見水踴躍學變化爲龍，

使我不得爾之扶持，滅迹于君山湖上之青峰。

噫，風塵澒洞兮豺虎咬人，忽失雙杖兮吾將曷從。

釋悶

四海十年不解兵，犬戎也復臨咸京。咸京：即長安。
失道非關出襄野，揚鞭忽是過湖城。
豺狼塞路人斷絶，烽火照夜尸縱横。
天子亦應厭奔走，群公固合思升平。
但恐誅求不改轍，聞道嬖孽能全生。
江邊老翁錯料事，眼暗不見風塵清。

春歸

苔徑臨江竹，茅檐覆地花。
别來頻甲子，歸到忽春華。
倚杖看孤石，傾壺就淺沙。

遠鷗浮水静，輕燕受風斜。
世路雖多梗，吾生亦有涯。
此身醒復醉，乘興即爲家。

草堂

昔我去草堂，蠻夷塞成都。
今我歸草堂，成都適無虞。
適無虞：剛剛安定。
請陳初亂時，反覆乃須臾。
大將赴朝廷，群小起异圖。
中宵斬白馬，盟歃氣已粗。
西取邛南兵，北斷劍閣隅。
布衣數十人，亦擁專城居。

其勢不兩大，始聞蕃漢殊。
西卒却倒戈，賊臣互相誅。
焉知肘腋禍，自及梟獍徒。
義士皆痛憤，紀綱亂相逾。
一國實三公，萬人欲爲魚。
唱和作威福，孰肯辨無辜。
眼前列杻械，背後吹笙竽。
談笑行殺戮，濺血滿長衢。
到今用鉞地，風雨聞號呼。
鬼妾與鬼馬，色悲充爾娱。
國家法令在，此又足驚吁。

賤子且奔走，三年望東吴。
弧矢暗江海，難爲游五湖。
不忍竟舍此，復來薙榛蕪。
薙：除草。
入門四松在，步屧萬竹疏。
舊犬喜我歸，低徊入衣裾。
鄰里喜我歸，沽酒携胡蘆。
大官喜我來，遣騎問所須。
城郭喜我來，賓客隘村墟。
天下尚未寧，健兒勝腐儒。
飄飖風塵際，何地置老夫？
于時見疣贅，骨髓幸未枯。

飲啄愧殘生，食薇不敢餘。

題桃樹

小徑升堂舊不斜，五株桃樹亦從遮。從：聽任。

高秋總饋貧人實，來歲還舒滿眼花。

簾户每宜通乳燕，兒童莫信打慈鴉。

寡妻群盜非今日，天下車書正一家。

登樓

花近高樓傷客心，萬方多難此登臨。

錦江春色來天地，玉壘浮雲變古今。

北極朝廷終不改，西山寇盜莫相侵。

可憐後主還祠廟，日暮聊爲《梁父吟》。

歸雁

東來千里客，亂定幾年歸。
腸斷江城雁，高高正北飛。

絶句二首

其一

遲日江山麗，春風花草香。
泥融飛燕子，沙暖睡鴛鴦。

其二

江碧鳥逾白，山青花欲燃。
今春看又過，何日是歸年。

黄河二首

其一

黄河北岸海西軍，椎鼓鳴鐘天下聞。
鐵馬長鳴不知數，胡人高鼻動成群。

其二

黄河南岸是吾蜀，欲須供給家無粟。
願驅衆庶戴君王，混一車書弃金玉。

絶句（四首選一）

其三

兩個黄鸝鳴翠柳，一行白鷺上青天。
窗含西嶺千秋雪，門泊東吴萬里船。

丹青引　原注：贈曹將軍霸

將軍魏武之子孫，于今爲庶爲清門。
英雄割據雖已矣，文采風流今尚存。
學書初學衛夫人，但恨無過王右軍。
丹青不知老將至，富貴于我如浮雲。
開元之中常引見，承恩數上南薰殿。
凌烟功臣少顔色，將軍下筆開生面。
良相頭上進賢冠，猛將腰間大羽箭。
褒公鄂公毛髮動，英姿颯爽猶酣戰。
先帝御馬玉花驄，畫工如山貌不同。
是日牽來赤墀下，迥立閶闔生長風。
詔謂將軍拂絹素，意匠慘淡經營中。

須臾九重真龍出，一洗萬古凡馬空。
玉花却在御榻上，榻上庭前屹相向。
至尊含笑催賜金，圉人太僕皆惆悵。
弟子韓幹早入室，亦能畫馬窮殊相。
幹惟畫肉不畫骨，忍使驊騮氣凋喪。
將軍畫善蓋有神，偶逢佳士亦寫真。
即今飄泊干戈際，屢貌尋常行路人。
途窮反遭俗眼白，世上未有如公貧。
但看古來盛名下，終日坎壈纏其身。

憶昔（二首）

其一

憶昔先皇巡朔方，千乘萬騎入咸陽。
陰山驕子汗血馬，長驅東胡胡走藏。
鄴城反覆不足怪，關中小兒壞紀綱，張后不樂上爲忙。
至今今上猶撥亂，勞心焦思補四方。
我昔近侍叨奉引，出兵整肅不可當。
爲留猛士守未央，致使岐雍防西羌。
犬戎直來坐御床，百官跣足隨天王。
願見北地傅介子，老儒不用尚書郎。

其二

憶昔開元全盛日，小邑猶藏萬家室。
稻米流脂粟米白，公私倉廩俱豐實。

流脂：形容稻米顆粒飽滿。

九州道路無豺虎，遠行不勞吉日出。
齊紈魯縞車班班，男耕女桑不相失。
宫中聖人奏雲門，天下朋友皆膠漆。
百餘年間未灾變，叔孫禮樂蕭何律。
豈聞一絹直萬錢，有田種穀今流血。
洛陽宫殿燒焚盡，宗廟新除狐兔穴。
傷心不忍問耆舊，復恐初從亂離説。
小臣魯鈍無所能，朝廷記識蒙禄秩。
周宣中興望我皇，灑泪江漢身衰疾。

寄賀蘭銛

朝野歡娱後，乾坤震蕩中。

相隨萬里日，總作白頭翁。
歲晚仍分袂，江邊更轉蓬。
勿云俱异域，飲啄幾回同。

除草

草有害于人，曾何生阻修。
其毒甚蜂蠆，其多彌道周。
清晨步前林，江色未散憂。
芒刺在我眼，焉能待高秋。
霜露一沾凝，蕙葉亦難留。
荷鋤先童稚，日入仍討求。
轉致水中央，豈無雙釣舟。

頑根易滋蔓，敢使依舊丘。
自兹藩籬曠，更覺松竹幽。
芟夷不可闕，疾惡信如讎。

春日江村（五首選二）

其一

農務村村急，春流岸岸深。
乾坤萬里眼，時序百年心。
茅屋還堪賦，桃源自可尋。
艱難昧生理，飄泊到如今。

其五

群盜哀王粲，中年召賈生。

登樓初有作，前席竟爲榮。
宅入先賢傳，才高處士名。
异時懷二子，春日復含情。

三韻三篇

其一

高馬勿捶面，長魚無損鱗。
辱馬馬毛焦，困魚魚有神。
君看磊落士，不肯易其身。

其二

蕩蕩萬斛船，影若揚白虹。
起檣必椎牛，掛席集衆功。

自非風動天，莫置大水中。

其三

烈士惡多門，小人自同調。
名利苟可取，殺身傍權要。
何當官曹清，爾輩堪一笑。

天邊行

天邊老人歸未得，日暮東臨大江哭。
隴右河源不種田，胡騎羌兵入巴蜀。
洪濤滔天風拔木，前飛禿鶖後鴻鵠。
九度附書向洛陽，十年骨肉無消息。

莫相疑行

男兒生無所成頭皓白，牙齒欲落真可惜。
憶獻三賦蓬萊宮，自怪一日聲烜赫。
集賢學士如堵墻，觀我落筆中書堂。
往時文采動人主，此日飢寒趨路旁。
晚將末契托年少，當面輸心背面笑。輸心：表示誠心、真心。
寄謝悠悠世上兒，不爭好惡莫相疑。

禹廟

禹廟空山裏，秋風落日斜。
荒庭垂橘柚，古屋畫龍蛇。
雲氣噓青壁，江聲走白沙。
早知乘四載，疏鑿控三巴。

旅夜書懷

細草微風岸，危檣獨夜舟。
星垂平野闊，月涌大江流。
名豈文章著，官應老病休。
飄飄何所似，天地一沙鷗。

漫成一首

江月去人只數尺，風燈照夜欲三更。
沙頭宿鷺聯拳静，船尾跳魚撥剌鳴。

白帝城最高樓

城尖徑仄旌旆愁，獨立縹緲之飛樓。
峽坼雲霾龍虎卧，江清日抱黿鼉游。

扶桑西枝對斷石，弱水東影隨長流。
杖藜嘆世者誰子？泣血迸空回白頭。

八陣圖

功蓋三分國，名成八陣圖。
江流石不轉，遺恨失吞吴。

負薪行

夔州處女髮半華，四十五十無夫家。
更遭喪亂嫁不售，一生抱恨堪咨嗟。嫁不售：嫁不出去。
土風坐男使女立，男當門户女出入。
十有八九負薪歸，賣薪得錢應供給。
至老雙鬟只垂頸，野花山葉銀釵并。

筋力登危集市門，死生射利兼鹽井。登危：登高。

面妝首飾雜啼痕，地褊衣寒困石根。

若道巫山女粗醜，何得北有昭君村。

最能行

峽中丈夫絶輕死，少在公門多在水。

富豪有錢駕大舸，貧窮取給行艓子。艓：小船。

小兒學問止《論語》，大兒結束隨商旅。

欹帆側舵入波濤，撇漩捎濆無險阻。

朝發白帝暮江陵，頃來目擊信有徵。

瞿唐漫天虎鬚怒，歸州長年行最能。

此鄉之人器量窄，誤競南風疏北客。

若道士無英俊才，何得山有屈原宅。

牽牛織女

牽牛出河西，織女處其東。
萬古永相望，七夕誰見同。
神光意難候，此事終蒙朧。
颯然精靈合，何必秋遂逢。
亭亭新妝立，龍駕具層空。
世人亦爲爾，祈請走兒童。
稱家隨豐儉，白屋達公宮。
膳夫翊堂殿，鳴玉凄房櫳。
曝衣遍天下，曳月揚微風。

蛛絲小人態，曲綴瓜果中。
初筵裛重露，日出甘所終。裛：通浥，沾濕。
嗟汝未嫁女，秉心鬱忡忡。
防身動如律，竭力機杼中。
雖無舅姑事，敢昧織作功。
明明君臣契，咫尺或未容。
義無弃禮法，恩始夫婦恭。
小大有佳期，戒之在至公。
方圓苟齟齬，丈夫多英雄。齟齬：抵觸不合。

白帝

白帝城中雲出門，白帝城下雨翻盆。

高江急峽雷霆鬥，翠木蒼藤日月昏。

戎馬不如歸馬逸，千家今有百家存。

哀哀寡婦誅求盡，慟哭秋原何處村。

古柏行

孔明廟前有老柏，柯如青銅根如石。

霜皮溜雨四十圍，黛色參天二千尺。

雲來氣接巫峽長，月出寒通雪山白。

君臣已與時際會，樹木猶爲人愛惜。

憶昨路繞錦亭東，先主武侯同閟宫。閟宫：祠廟。

崔嵬枝幹郊原古，窈窕丹青户牖空。

落落盤踞雖得地，冥冥孤高多烈風。

歸馬：農村中載物拉車或耕種田地的馬。

崔嵬：高峻貌。

扶持自是神明力，正直元因造化功。

大厦如傾要梁棟，萬牛迴首丘山重。

不露文章世已驚，未辭剪伐誰能送。

苦心豈免容螻蟻，香葉終經宿鸞鳳。

志士幽人莫怨嗟，古來材大難爲用。

諸將（五首選二）

其一

漢朝陵墓對南山，胡虜千秋尚入關。

昨日玉魚蒙葬地，早時金碗出人間。

見愁汗馬西戎逼，曾閃朱旗北斗殷。

多少材官守涇渭，將軍且莫破愁顔。

其三

洛陽宮殿化爲烽，休道秦關百二重。

滄海未全歸禹貢，薊門何處盡堯封。

朝廷衮職雖争補，天下軍儲不自供。

稍喜臨邊王相國，肯銷金甲事春農。

昔游

昔者與高李，晚登單父臺。高李：指高適、李白。

寒蕪際碣石，萬里風雲來。

桑柘葉如雨，飛藿去徘徊。

清霜大澤凍，禽獸有餘哀。

是時倉廩實，洞達寰區開。

猛士思滅胡，將帥望三台。
君王無所惜，駕馭英雄材。
幽燕盛用武，供給亦勞哉。
吳門轉粟帛，泛海陵蓬萊。
肉食三十萬，獵射起黄埃。
隔河憶長眺，青歲已摧頹。
不及少年日，無復故人杯。
賦詩獨流涕，亂世想賢才。
有能市駿骨，莫恨少龍媒。
商山議得失，蜀主脱嫌猜。
吕尚封國邑，傅説已鹽梅。

景晏楚山深，水鶴去低回。

龐公任本性，携子卧蒼苔。

壯游

往者十四五，出游翰墨場。

斯文崔魏徒，以我似班揚。

七齡思即壯，開口咏鳳皇。

九齡書大字，有作成一囊。

性豪業嗜酒，嫉惡懷剛腸。

脱落小時輩，結交皆老蒼。　脱略：超越。

飲酣視八極，俗物多茫茫。

東下姑蘇臺，已具浮海航。　具：準備。

到今有遺恨，不得窮扶桑。
王謝風流遠，闔閭丘墓荒。
劍池石壁仄，長洲芰荷香。
嵯峨閶門北，清廟映迴塘。
每趨吴太伯，撫事泪浪浪。
枕戈憶勾踐，渡浙想秦皇。
蒸魚聞匕首，除道哂要章。

要章：腰間的印綬。

越女天下白，鑒湖五月涼。
剡溪蘊秀異，欲罷不能忘。
歸帆拂天姥，中歲貢舊鄉。
氣劘屈賈壘，目短曹劉墻。

劘（音摩）：切，削。

忤下考功第，獨辭京尹堂。
放蕩齊趙間，裘馬頗清狂。
春歌叢臺上，冬獵青丘旁。
呼鷹皂櫪林，逐獸雲雪岡。
射飛曾縱鞚，引臂落鶖鶬。
蘇侯據鞍喜，忽如携葛强。
快意八九年，西歸到咸陽。
許與必詞伯，賞游實賢王。
曳裾置醴地，奏賦入明光。
天子廢食召，群公會軒裳。
脱身無所愛，痛飲信行藏。

軒裳：車馬、官服。

行藏：出仕和隱退。

黑貂寧免敝，斑鬢兀稱觴。稱觴：舉杯暢飲。

杜曲晚耆舊，四郊多白楊。

坐深鄉黨敬，日覺死生忙。

朱門任傾奪，赤族迭罹殃。赤族：滅族。

國馬竭粟豆，官鷄輸稻粱。

舉隅見煩費，引古惜興亡。

河朔風塵起，岷山行幸長。

兩宫各警蹕，萬里遥相望。蹕：清道。

崆峒殺氣黑，少海旌旗黄。

禹功亦命子，涿鹿親戎行。

翠華擁吴岳，貙虎啖豺狼。

爪牙一不中，胡兵更陸梁。陸梁：猖獗。
大軍載草草，凋瘵滿膏肓。瘵：病。
備員竊補衮，憂憤心飛揚。
上感九廟焚，下憫萬民瘡。
斯時伏青蒲，廷諍守御床。
君辱敢愛死，赫怒幸無傷。
聖哲體仁恕，宇縣復小康。
哭廟灰燼中，鼻酸朝未央。
小臣議論絶，老病客殊方。
鬱鬱苦不展，羽翮困低昂。
秋風動哀壑，碧蕙捐微芳。

之推避賞從，漁父濯滄浪。
榮華敵勛業，歲暮有嚴霜。
吾觀鴟夷子，才格出尋常。
群凶逆未定，側佇英俊翔。

存殁口號（二首）口號：口占，信口唱出。

其一

席謙不見近彈棋，畢耀仍傳舊小詩。
玉局他年無限事，白楊今日幾人悲？

其二

鄭公粉繪隨長夜，曹霸丹青已白頭。長夜：謂死。
天下何曾有山水，人間不解重驊騮。

垂白

垂白馮唐老，清秋宋玉悲。
江喧長少睡，樓迥獨移時。
多難身何補，無家病不辭。
甘從千日醉，未許《七哀》詩。

夜

露下天高秋水清，空山獨夜旅魂驚。
疏燈自照孤帆宿，新月猶懸雙杵鳴。
南菊再逢人卧病，北書不至雁無情。再逢：再度開花。
步檐倚杖看牛斗，銀漢遥應接鳳城。步檐：走廊。

宗武生日

小子何時見，高秋此日生。
自從都邑語，已伴老夫名。
詩是吾家事，人傳世上情。
熟精《文選》理，休覓彩衣輕。
凋瘵筵初秩，欹斜坐不成。凋瘵：疾病。
流霞分片片，涓滴就徐傾。流霞：美酒名。

秋興（八首選三）

其一

玉露凋傷楓樹林，巫山巫峽氣蕭森。
江間波浪兼天涌，塞上風雲接地陰。
叢菊兩開他日淚，孤舟一繫故園心。

寒衣處處催刀尺，白帝城高急暮砧。

其三

千家山郭静朝暉，日日江樓坐翠微。
信宿漁人還泛泛，清秋燕子故飛飛。
匡衡抗疏功名薄，劉向傳經心事違。
同學少年多不賤，五陵衣馬自輕肥。

其八

昆吾御宿自逶迤，紫閣峰陰入渼陂。昆吾御宿：指昆吾亭和御宿
香稻啄殘鸚鵡粒，碧梧栖老鳳凰枝。州。
佳人拾翠春相問，仙侣同舟晚更移。佳人拾翠：女孩子們在水邊
彩筆昔曾干氣象，白頭今望苦低垂。嬉戲。

咏懷古迹（五首選三）

其二

摇落深知宋玉悲，風流儒雅亦吾師。
悵望千秋一灑泪，蕭條异代不同時。
江山故宅空文藻，雲雨荒臺豈夢思？
最是楚宫俱泯滅，舟人指點到今疑。

其三

群山萬壑赴荆門，生長明妃尚有村。
一去紫臺連朔漠，獨留青冢向黄昏。
畫圖省識春風面，環珮空歸月夜魂。
千載琵琶作胡語，分明怨恨曲中論。

省識：察看。

其五

諸葛大名垂宇宙，宗臣遺像肅清高。
三分割據紆籌策，萬古雲霄一羽毛。
伯仲之間見伊吕，指揮若定失蕭曹。
運移漢祚終難復，志决身殲軍務勞。

洞房

洞房環珮冷，玉殿起秋風。
秦地應新月，龍池滿舊宫。
繫舟今夜遠，清漏往時同。
萬里黄山北，園陵白露中。

能畫

能畫毛延壽，投壺郭舍人。
每蒙天一笑，復似物皆春。
政化平如水，皇明斷若神。政化：政事與教化。
時時用抵戲，亦未雜風塵。

歷歷

歷歷開元事，分明在眼前。
無端盜賊起，忽已歲時遷。
巫峽西江外，秦城北斗邊。
爲郎從白首，卧病數秋天。

洛陽

洛陽昔陷没，胡馬犯潼關。

天子初愁思，都人慘別顏。
清笳去宮闕，翠蓋出關山。
故老仍流涕，龍髯幸再攀。

提封

提封漢天下，萬國尚同心。

提封：版圖，疆域。

借問懸車守，何如儉德臨？
時徵俊乂入，莫慮犬羊侵。

俊乂：賢德俊杰之人。

願戒兵猶火，恩加四海深。

孤雁

孤雁不飲啄，飛鳴聲念群。
誰憐一片影，相失萬重雲。

望盡似猶見，哀多如更聞。
野鴉無意緒，鳴噪自紛紛。

偶題

文章千古事，得失寸心知。
作者皆殊列，名聲豈浪垂。
騷人嗟不見，漢道盛于斯。
前輩飛騰入，餘波綺麗爲。
後賢兼舊制，歷代各清規。
法自儒家有，心從弱歲疲。
永懷江左逸，多病鄴中奇。
騄驥皆良馬，騏驎帶好兒。

車輪徒已斫，堂構惜仍虧。
漫作《潛夫論》，虚傳幼婦碑。
緣情慰漂蕩，抱疾屢遷移。
經濟慚長策，飛栖假一枝。
塵沙傍蜂蠆，江峽繞蛟螭。
蕭瑟唐虞遠，聯翩楚漢危。
聖朝兼盗賊，异俗更喧卑。
鬱鬱星辰劍，蒼蒼雲雨池。
兩都開幕府，萬寓插軍麾。
南海殘銅柱，東風避月支。
音書恨烏鵲，號怒怪熊羆。

稼穡分詩興，柴荆學士宜。
故山迷白閣，秋水憶黄陂。
不敢要佳句，愁來賦别離。

閣夜

歲暮陰陽催短景，天涯霜雪霽寒宵。
五更鼓角聲悲壯，三峽星河影動摇。
野哭家家聞戰伐，夷歌幾處起漁樵。
卧龍躍馬終黄土，人事音書漫寂寥。

縛鷄行

小奴縛鷄向市賣，鷄被縛急相喧争。
家中厭鷄食蟲蟻，不知鷄賣還遭烹。

蟲鷄于人何厚薄，吾叱奴人解其縛。
鷄蟲得失無了時，注目寒江倚山閣。

小至

天時人事日相催，冬至陽生春又來。
刺綉五紋添弱綫，吹葭六琯動飛灰。
岸容待臘將舒柳，山意衝寒欲放梅。
雲物不殊鄉國异，教兒且覆掌中杯。

晝夢

二月饒睡昏昏然，不獨夜短晝分眠。
桃花氣暖眼自醉，春渚日落夢相牽。
故鄉門巷荆棘底，中原君臣豺虎邊。

安得務農息戰鬥，普天無吏橫索錢。

熟食日示宗文宗武

消渴游江漢，羈栖尚甲兵。
幾年逢熟食，萬里逼清明。
松柏邙山路，風花白帝城。
汝曹催我老，回首泪縱橫。

又示兩兒

令節成吾老，他時見汝心。
浮生看物變，爲恨與年深。
長葛書難得，江州涕不禁。
團圓思弟妹，行坐白頭吟。

豎子至

樝梨纔綴碧，梅杏半傳黄。
小子幽園至，輕籠熟奈香。
山風猶滿把，野露及新嘗。
敧枕江湖客，提携日月長。

園官送菜

清晨送菜把，常荷地主恩。
守者愆實數，略有其名存。
苦苣刺如針，馬齒葉亦繁。
青青嘉蔬色，埋没在中園。
園吏未足怪，世事固堪論。

嗚呼戰伐久，荆棘暗長原。
乃知苦苣輩，傾奪蕙草根。
小人塞道路，爲態何喧喧。
又如馬齒盛，氣擁葵荏昏。
點染不易虞，絲麻雜羅紈。
一經器物内，永掛粗刺痕。
志士采紫芝，放歌避戎軒。
畦丁負籠至，感動百慮端。

園人送瓜

江間雖炎瘴，瓜熟亦不早。
柏公鎮夔國，滯務兹一掃。

食新先戰士，共少及溪老。
傾筐蒲鴿青，滿眼顏色好。蒲鴿：瓜名。
竹竿接嵌竇，引注來鳥道。
浮沉亂水玉，愛惜如芝草。
落刃嚼冰霜，開懷慰枯槁。
許以秋蒂除，仍看小童抱。
東陵迹蕪絕，楚漢休征討。
園人非故侯，種此何草草。

白露

白露團甘子，清晨散馬蹄。
圃開連石樹，船渡入江溪。

憑几看魚樂，回鞭急鳥栖。
漸知秋實美，幽徑恐多蹊。

又呈吴郎

堂前撲棗任西鄰，無食無兒一婦人。
不爲困窮寧有此，只緣恐懼轉須親。
即防遠客雖多事，便插疏籬却任真。
已訴徵求貧到骨，正思戎馬泪盈巾。

多事：多心，過慮。

登高

風急天高猿嘯哀，渚清沙白鳥飛迴。
無邊落木蕭蕭下，不盡長江滚滚來。
萬里悲秋常作客，百年多病獨登臺。

艱難苦恨繁霜鬢，潦倒新亭濁酒杯。

觀公孫大娘弟子舞劍器行 并序

大曆二年十月十九日，夔州別駕元持宅，見臨潁李十二娘舞劍器，壯其蔚跂。問其所師，曰：『余公孫大娘弟子也。』開元三載，余尚童稚，記于郾城，觀公孫氏舞劍器渾脫，瀏灕頓挫，獨出冠時。自高頭宜春、梨園二伎坊内人，洎外供奉舞女曉是舞者，聖文神武皇帝初，公孫一人而已。玉貌錦衣，况余白首，今茲弟子，亦匪盛顏。既辨其由來，知波瀾莫二。撫事慷慨，聊為《劍器行》。昔者吳人張旭，善草書書帖，數嘗于鄴縣見公孫大娘舞西河劍器，自此草書長進，豪蕩感激，即公孫可知矣。

昔有佳人公孫氏，一舞劍器動四方。

觀者如山色沮喪，天地爲之久低昂。
㸌如羿射九日落，矯如群帝驂龍翔。
來如雷霆收震怒，罷如江海凝清光。
絳唇珠袖兩寂寞，晚有弟子傳芬芳。
臨潁美人在白帝，妙舞此曲神揚揚。臨潁美人：指李十二娘。
與余問答既有以，感時撫事增惋傷。撫事：追念往事。
先帝侍女八千人，公孫劍器初第一。
五十年間似反掌，風塵澒洞昏王室。
梨園弟子散如烟，女樂餘姿映寒日。
金粟堆南木已拱，瞿唐石城草蕭瑟。
玳筵急管曲復終，樂極哀來月東出。

老夫不知其所往，足繭荒山轉愁疾。

可嘆

天上浮雲如白衣，斯須改變如蒼狗。

古往今來共一時，人生萬事無不有。

近者抉眼去其夫，河東女兒身姓柳。 抉眼：不喜見。

丈夫正色動引經，酆城客子王季友。

群書萬卷常暗誦，《孝經》一通看在手。

貧窮老瘦家賣屩，好事就之爲携酒。

豫章太守高帝孫，引爲賓客敬頗久。 高帝孫：指李勉。

聞道三年未曾語，小心恐懼閉其口。

太守得之更不疑，人生反覆看已醜。

明月無瑕豈容易，紫氣鬱鬱猶衝斗。
時危可仗真豪俊，二人得置君側否。
太守頃者領山南，邦人思之比父母。
王生早曾拜顔色，高山之外皆培塿。培塿：小土丘。
用爲羲和天爲成，用平水土地爲厚。
王也論道阻江湖，李也疑丞曠前後。
死爲星辰終不滅，致君堯舜焉肯朽。
吾輩碌碌飽飯行，風后力牧長迴首。

題柏學士茅屋

碧山學士焚銀魚，白馬却走身岩居。銀魚：五品以上官員所佩魚
古人已用三冬足，年少今開萬卷餘。形銀質飾物。

晴雲滿户團傾蓋，秋水浮階溜决渠。
富貴必從勤苦得，男兒須讀五車書。

有嘆

壯心久零落，白首寄人間。
天下兵常鬥，江東客未還。
窮猿號雨雪，老馬怯關山。
武德開元際，蒼生豈重攀。

元日示宗武

汝啼吾手戰，吾笑汝身長。
處處逢正月，迢迢滯遠方。
飄零還柏酒，衰病只藜床。

訓喻青衿子，名慚白首郎。
賦詩猶落筆，獻壽更稱觴。
不見江東弟，高歌泪數行。

短歌行贈王郎司直

王郎酒酣拔劍斫地歌莫哀，我能拔爾抑塞磊落之奇才。
豫章翻風白日動，鯨魚跋浪滄溟開。
且脱劍佩休徘徊，西得諸侯棹錦水。
欲向何門趿珠履，仲宣樓頭春色深。
青眼高歌望吾子，眼中之人吾老矣。

暮歸

霜黄碧梧白鶴栖，城上擊柝復烏啼。

擊柝：打更。

客子入門月皎皎，誰家搗練風凄凄。練：白絹。

南渡桂水闕舟楫，北歸秦川多鼓鼙。鼓鼙：指戰爭。

年過半百不稱意，明日看雲還杖藜。

醉歌行贈公安顏十少府請顧八題壁

神仙中人不易得，顏氏之子才孤標。

天馬長鳴待駕馭，秋鷹整翮當雲霄。

君不見東吳顧文學，君不見西漢杜陵老？西漢：杜陵在西京，故曰西漢。

詩家筆勢君不嫌，詞翰升堂爲君掃。

是日霜風凍七澤，烏蠻落照銜赤壁。

酒酣耳熱忘頭白，感君意氣無所惜，一爲歌行歌主客。

歲晏行

歲云暮矣多北風，瀟湘洞庭白雪中。
漁父天寒網罟凍，莫徭射雁鳴桑弓。
莫徭：少數民族名。
去年米貴闕軍食，今年米賤太傷農。
高馬達官厭酒肉，此輩杼軸茅茨空。
杼軸：織布機之主要部件。
楚人重魚不重鳥，汝休枉殺南飛鴻。
況聞處處鬻男女，割慈忍愛還租庸。
往日用錢捉私鑄，今許鉛鐵和青銅。
刻泥爲之最易得，好惡不合長相蒙。
萬國城頭吹畫角，此曲哀怨何時終。

登岳陽樓

昔聞洞庭水，今上岳陽樓。

吴楚東南坼，乾坤日夜浮。
親朋無一字，老病有孤舟。
戎馬關山北，憑軒涕泗流。

南征

春岸桃花水，雲帆楓樹林。
偷生長避地，適遠更沾襟。
老病南征日，君恩北望心。
百年歌自苦，未見有知音。

歸夢

道路時通塞，江山日寂寥。
偷生唯一老，伐叛已三朝。

雨急青楓暮，雲深黑水遥。
夢魂歸未得，不用楚辭招。

遣遇

磬折辭主人，開帆駕洪濤。
春水滿南國，朱崖雲日高。
舟子廢寢食，飄風争所操。
我行匪利涉，謝爾從者勞。
石間采蕨女，鬻市輸官曹。
丈夫死百役，暮返空村號。
聞見事略同，刻剥及錐刀。
貴人豈不仁，視汝如莠蒿。

磬折：彎腰作揖時的樣子，表恭敬。

索錢多門户，喪亂紛嗷嗷。
奈何黠吏徒，漁奪成逋逃。
自喜遂生理，花時甘縕袍。

解憂

減米散同舟，路難思共濟。
向來雲濤盤，衆力亦不細。
呀坑瞥眼過，飛櫓本無蒂。
得失瞬息間，致遠宜恐泥。
百慮視安危，分明曩賢計。
茲理庶可廣，拳拳期勿替。

清明（二首選一）

其二

此身飄泊苦西東，右臂偏枯半耳聾。

寂寂繫舟雙下泪，悠悠伏枕左書空。

書空：在空中虛畫字形。

十年蹴踘將雛遠，萬里秋千習俗同。

將雛：携子女。

旅雁上雲歸紫塞，家人鑽火用青楓。

秦城樓閣烟花裏，漢主山河錦綉中。

風水春來洞庭闊，白蘋愁殺白頭翁。

岳麓山道林二寺行

玉泉之南麓山殊，道林林壑争盤紆。

寺門高開洞庭野，殿脚插入赤沙湖。

五月寒風冷佛骨，六時天樂朝香爐。

地靈步步雪山草，僧寶人人滄海珠。
塔劫宮墻壯麗敵，香厨松道清凉俱。
蓮花交響共命鳥，金榜雙迴三足烏。三足烏：指日。
方丈涉海費時節，玄圃尋河知有無。
暮年且喜經行近，春日兼蒙暄暖扶。
飄然斑白身奚適，傍此烟霞茅可誅。
桃源人家易制度，橘洲田土仍膏腴。
潭府邑中甚淳古，太守庭内不喧呼。
昔遭衰世皆晦迹，今幸樂國養微軀。
依止老宿亦未晚，富貴功名焉足圖。
久爲謝客尋幽慣，細學何顒免興孤。

一重一掩吾肺腑，山鳥山花共友于。友于：友愛。

宋公放逐曾題壁，物色分留待老夫。宋公：指宋之問。

酬韋韶州見寄

養拙江湖外，朝廷記憶疏。

深慚長者轍，重得故人書。

白髮絲難理，新詩錦不如。

雖無南過雁，看取北來魚。

江漢

江漢思歸客，乾坤一腐儒。

片雲天共遠，永夜月同孤。

落日心猶壯，秋風病欲蘇。

古來存老馬，不必取長途。

客從

客從南溟來，遺我泉客珠。
珠中有隱字，欲辨不成書。
緘之篋笥久，以俟公家須。
開視化爲血，哀今徵斂無。

蠶穀行

天下郡國向萬城，無有一城無甲兵。向：近。
焉得鑄甲作農器，一寸荒田牛得耕。
牛盡耕，蠶亦成。
不勞烈士泪滂沱，男穀女絲行復歌。男穀女絲：男耕女織。

白鳧行

君不見黃鵠高于五尺童，化爲白鳧似老翁。
故畦遺穗已蕩盡，天寒歲暮波濤中。
鱗介腥膻素不食，終日忍飢西復東。
魯門鶢鶋亦蹭蹬，聞道于今猶避風。

鶢鶋：海鳥名。

朱鳳行

君不見瀟湘之山衡山高，山巔朱鳳聲嗷嗷。
側身長顧求其曹，翅垂口噤心勞勞。
下愍百鳥在羅網，黃雀最小猶難逃。
願分竹實及螻蟻，盡使鴟梟相怒號。

竹實：竹子所結之竹米。

江南逢李龜年

岐王宅裏尋常見，崔九堂前幾度聞。
正是江南好風景，落花時節又逢君。

小寒食舟中作

佳辰强飲食猶寒，隱几蕭條戴鶡冠。
春水船如天上坐，老年花似霧中看。
娟娟戲蝶過閑幔，片片輕鷗下急湍。
雲白山青萬餘里，愁看直北是長安。

白馬

白馬東北來，空鞍貫雙箭。
可憐馬上郎，意氣今誰見。
近時主將戮，中夜傷于戰。

喪亂死多門，嗚呼泪如霰。